人在天涯

旅德女作家黃雨欣作品集——小說卷

人在天涯

目次

天涯麗人

　　燕喃在國內是英語專業的高材生，畢業後，本來已計畫好和同窗四載的未婚夫孫健一起到德國來。可臨走，孫健又捨不得廣州他那個家族性的大公司為他提供的重要位置。燕喃只好與孫健依依惜別，獨自飛到德國。這回她學的是德國文學專業。英語和德語本屬於近親語言，這兩種語言的共通之處使燕喃學起德文來毫不費力，沒多久，燕喃就能得心應手地駕馭它了。

　　由於燕喃從小在江蘇長大，後來考到廣州讀大學。在她身上，江南女子的文靜秀美和南國女郎的隨意灑脫結合得渾然天成。到德國後，燕喃學業未滿就輕而易舉地在慕尼黑這家頗具規模的華人貿易公司裏謀得了總經理助理的職位，這很大程度上得歸功於她的語言天賦和外形優勢。公司的總經理許釗曾不無得意地對醋溜溜的「元老」們說：「你們也別不服氣，帶上燕喃談生意，確實能凸出公司的形象！」

　　燕喃剛到公司時，連許釗本人都認為她不過是個功能多些的花瓶，擺放到各種場合都不掉價。直到後來，在燕喃的積極配合下，許釗成功地做成了幾單大生意，這才使他不由得對眼前這個美麗的女孩刮目相看了。許釗發現，燕喃是那種不事張揚卻頗具心計的女子，每次商機來臨，燕喃並不急於求成，而

5

是事先想方設法地查找有關對手的各種資料，廣泛搜集資訊，然後將這些東西整理得條條有序地提供給許釗，結果往往令許釗在生意場上出奇制勝，正所謂「知己知彼，百戰不殆」。從此，在許釗心裏燕喃再不僅僅是一隻漂亮花瓶，而是他一個不可或缺的生意夥伴。在許釗的有意栽培下，沒多久，燕喃便能在公司獨當一面了。

燕喃到公司上班後，不止一次地聽同事們談起一個名叫小舟的漂亮女人。燕喃從他們的隻言片語裏瞭解到，于小舟是自己的前任，不久前，身為公司總經理助理的于小舟突然攜巨款外逃，這件事在慕尼黑的華人界鬧得沸沸揚揚。人們紛紛替許釗報不平，一致建議許釗去報警，可後來不知為何卻不了了之。因于小舟是東北姑娘，那段時間，公司裏的人只要一提到她，不是匪婆就是母老虎，總之沒有什麼好聽的，令燕喃不解的是，人們大罵這個女人的同時，似乎又對她攜款外逃的原因忌諱莫深。和許釗接觸雖然不多，但燕喃已明顯地感到此人處事周到、思維慎密，尤其是茶色鏡片後那雙睿智的眼睛，似乎能洞穿一切。想到此，燕喃不由得佩服起于小舟來，能在這雙眼睛的注視下得以順利逃脫的女人一定了不起。

這家公司的主要擁有者許釗，在當地的華人屆也算是個人物。十年前，和他同來求學的夥伴們早已流落四方，只有他不

但在德國站住了腳，還有了自己的公司。雖然他很少和朋友們提起他的德國妻子傑茜，可誰都明白，沒有他和傑茜的婚姻，怎麼會有他的德籍身份？沒有這個身份，他又如何理直氣壯地在德國開辦公司？若不是傑茜成了他的妻子，就算他許釗再有本事，也會被德國的民族政策限制住，結局很可能是和其他搞政治經濟學的同伴一樣，在歐洲資本主義的發祥地見識一番，到頭來還得哪來回哪去。

也許這樁婚姻本身就是一場交易。他用自己的學識和能力換來了穩定的居留和發揮這種能力的合理性；而她呢，則用自己正宗的日爾曼血統作本錢，投注到這個卓而不群的中國男人身上。許釗也算不負人意，果然使他太太的投資一本萬利。他無所拘束地在商場縱橫拼殺，使傑茜得以每隔兩三年就換輛新車。不久前，他們還在慕尼黑的黃金地段購置了洋房，既給許釗省了稅，又令傑茜在親友中間出盡了風頭。誰說亞洲男人疲軟？事實證明，這個頗具實力的中國男人要比自己大多數的同胞不知強上多少倍，要知道，這種實力可是她一手造就的呀！拋開同床共枕了十幾年的感情因素，這也的確是一場雙方都獲益非淺的交易。

充實、忙碌的日子總是一閃而過。轉眼，燕喃來公司已經一年了。這期間，公司拓展了和國內的業務，燕喃把握住機會和未婚夫孫健裏應外合，攻下幾個難度很大的項目。不久，孫健在廣州買下一套百餘米的公寓，燕喃利用出差在廣州停留的

機會，將它佈置得溫馨、舒適。相比之下，燕喃在慕尼黑住的學生宿舍就顯得簡陋寒酸多了。這樣一來，每次燕喃飛廣州，都有一種回家的感覺。

這天早上，燕喃一到辦公室，就被許釗叫過去。許釗掂著手裏的一疊傳真件對她說：「國內有個紡織品商業代表團，昨天剛到巴黎，我已經同他們趙團長聯繫上了，你準備一下，今天過去看看，如果有搞頭，馬上通知我，越快越好，等他們自己轉悠到德國來，這塊骨頭有肉沒肉都輪不到咱們啃了，我和陳東今天還得去趟法蘭克福，這邊就看你的了。」

從慕尼黑飛到巴黎不到兩個小時。燕喃在飛機上呷一小杯法國紅葡萄酒，閉目養了一會神，飛機就降落了。

走出戴高樂機場，按照許釗的吩咐，該就近去家車行租輛豪華轎車，在巴黎逗留的日子，這輛車就是燕喃的坐騎。許釗說：「國內商業團吃這一套，咱們就必須擺下這個譜。記住，你的車和你的人一樣，代表著公司的形象和實力。」

燕喃站在路邊，正想叫輛計程車去車行，一輛紅色的敞篷寶馬滑了過來，開車的是個容貌和穿著都很張揚的女人。只見她動作麻利地打開跑車的門說：「是慕尼黑來的燕喃小姐吧？我姓于，是代表團在法國請的導遊兼翻譯，趙團長特地讓我來接你，上車吧。」

燕喃見這女人的皮膚白的耀眼，鬢邊掛一縷細細的捲髮，其他頭髮統統被攏到頭頂，用一塊棕色絲巾繫住，暴露出光潔的大

奔頭。一雙大眼睛被描得青裏透紫，發射出幽幽的光芒。那張玫瑰紅的大嘴，更是充滿了野性。巴黎的早春，乍暖還寒，這女人卻穿一條黑紅格的百摺超短裙，黑色的低領緊身衫外，箍著一個金燦燦明晃晃的裙帶扣，隨著她大幅度的動作，燕喃甚至能將她那豐滿的酥胸一覽無餘。燕喃見怪不怪地坐上車，心裏嘀咕著：虧得是在巴黎，若是在慕尼黑，這付打扮不被人當成妓女才怪。

于小姐稔熟地駕著車，嘴裏還不閒著：「陪這些土包子逛了一天，剛鬆口氣。這些人吶，說是商務考察，也沒見他們考察什麼正經事，就惦記著『紅磨坊』的夜生活，姑奶奶還沒嫌煩呢，他們倒嫌起來了，直嚷嚷若是雇個男導遊就方便了。忘了當初下飛機，要沒我及時接應，他們連酒店的門都摸不著，連口水都喝不上！」

燕喃聽著于小姐無頭無腦的抱怨，心想，看來這個女導遊並不難相處。于小姐正興致勃勃地說著，冷不防斜刺裏穿出一輛自行車，于小姐一腳剎車踩下去，脫口而出的竟是一句德國人的國罵：「Scheisse！」（狗屎）燕喃隨口問道：「于小姐在德國待過嗎？」「待過？何止是待過！德國耗盡了我的青春，摧毀了我的夢，姑奶奶今天在巴黎當導遊，是鳳凰落難、虎陷平川。想當初……唉，說來話長……」

燕喃不禁心下叫苦：又遇到一個說故事的高手！這也不能怪她，哪個遠離故鄉獨闖海外的中國人沒有自己的故事呢？在于小姐這樣惹眼的女人身上，沒有故事發生反倒令人難以置

信了。可是，接下來，于小姐卻一直目不斜視地駕著車，再沒有多餘的話，氣氛一時顯得有些沉悶。「聽口音，你是北方人吧？」燕喃打破沉默。「是東北人，生在牡丹江，讀書在哈爾濱，大學剛畢業就隨老公出國了，他家是華僑。」「怪不得于小姐身材、皮膚這麼棒，早就聽說東北的黑土地很養人的。」燕喃由衷地贊道。「多謝了，可有人罵我是威虎山上下來的土匪婆呢。」聽于小姐這樣說，燕喃心裏一動，不禁問：「怎麼這話聽著挺耳熟，好像真的聽誰罵過似的？」于小姐哈哈大笑：「聽過就對了！」這時，車已駛進代表團下榻的酒店，燕喃只好將思路收攏到和代表團的接洽上。

這個代表團一行十幾人，許釗曾介紹說，他們都是沿海省份一家紡織貿易公司的業務骨幹，可燕喃和他們一聊起來，發現被稱作局長、主任等行政頭銜的倒占了一半，笑容可鞠的趙團長竟是工會主席。

第二天上午，代表團將去參觀座落在巴黎近郊的的紡織機械廠，並洽談引進生產流水線的有關事宜。

吃早餐時，燕喃似乎很隨意的樣子問于小姐：「你們下午有什麼計畫？」「如果時間允許的話，我帶他們去楓丹白露，你要是沒其他安排，也去散散心吧。」

于小姐的提議正中下懷，燕喃正犯愁如何開這個口呢。

這次，于小姐把自己打扮得非常得體。乳白色的西服套裙將她豐滿、挺拔的身材襯托得恰到好處，一頭黑髮在腦後被挽成

一個大氣的髮髻，更凸出了她那白皙、頎長的脖頸。面對如此端莊、沉穩的于小姐，燕喃不禁讚歎：「真是一個千面女郎呀！」

他們從車行租來一輛銀灰色的小型旅遊車，開車的是于小姐的丈夫韓立。韓立偏瘦的中等身材，雖然氣勢遠遠遜於夫人，倒也是一副精精明明的樣子，又很健談，說到高興處，細脖子上的小腦袋便搖來晃去，再不時地附上各種誇張的手勢，竟使燕喃聯想起舞臺上猴戲裏的孫悟空。燕喃看出來了，他們夫妻倆一定是在法國有自己的旅遊公司，專事迎來送往來自國內的各種團體。據說這種無本經營的夫妻店，主要靠的是語言上的優勢和對當地情況的瞭解，只要不怕旅途奔波、不嫌人員繁雜，收入肯定不菲。

到機械廠後，于小姐隨代表團一行人被廠方人員彬彬有禮地接走了。兩家公司生意洽談，燕喃作為第三方不便硬夾在中間，只有和韓立坐在明淨、舒適的接待廳裏啜著咖啡閒聊。燕喃透過玻璃門，望著外面整潔的環境提議出去走一走，韓立忙附和說：「是應該感受一下法國的廠區，若不事先告訴你，你肯定以為這裏是國家公園呢。咱們放心走好了，他們一半會談不完。」

等燕喃和韓立沿著廠區逛回來時，卻看見代表團一行人虎著個臉站在旅遊車旁等他們，「這麼快就完事了？看這陣勢肯定是沒談成。」韓立一副見多識廣的樣子猜測說。沒想到，待他們走到跟前，那個被稱作某局長的矮胖子竟劈頭蓋腦地訓斥起韓立來：「你是怎麼搞的？在國內，不管開多久的會，我的

司機都要一直等在車裏。年輕人這個工作態度怎麼行？你要是我的司機，我非炒了你！」

誰也沒想到胖局長會來這一手，燕喃和韓立面面相覷，一時不知如何對答。

這時，于小姐踱到胖局長面前，大眼睛緊緊地盯住他說：「這位領導也不必發這麼大的脾氣，我知道你們在國內都是有一定地位的，可不管你們在國內的官多大，到這個團體裏來都得聽我們的，此時若論官銜，這裏最大的官當屬我們夫妻倆。因為這個地界早出了你們的管轄，你們的權勢已作用不到我們頭上，而我們卻為你們每個人承擔著組織和管理的責任。順便強調一下，今天我丈夫雖然為這個團體開著巴士，但並不意味著他就是誰的司機，你們別忘了，他是我們旅遊公司的總經理。下面的計畫由經理決定，是去楓丹白露還是返回酒店？」

一席話說得領導同志們不尷不尬的。燕喃心裏不住地佩服于小姐，她幹練果斷、毫不含糊的工作作風正是自己身上所不具備的。

雖然上午經歷了那段不愉快的小插曲，大家在楓丹白露玩得還是很盡興。第二天，代表團將隨燕喃取道德國，燕喃為他們設計的旅遊考察路線令這些人很滿意。按當初許釗的計畫，把他們引到德國後控制在自己公司手裏，燕喃就不虛此行了。可是，燕喃已經隨他們去過了機械廠，又瞭解到雙方的談判不歡而散。燕喃靈機一動，於是，一個大膽的計畫便在頭腦中產生了。

　　回到酒店客房，燕喃迫不及待地撥通了許釗的手機。許釗對燕喃這一趟單獨行動的成績很滿意。當他聽了燕喃進一步的想法後，不由得擊掌叫好，並問道：

　　「廠方提供的價位和儀器的各項指數你瞭解到了嗎？」

　　燕喃叫苦道：「我的老總呀，你不要貪心不足蛇吞象，我不辭勞苦跟到廠家，能摸清廠方情況就已經費盡心機了，下面這齣戲的主角該你來唱才對嘛。」說到後來，不知不覺中，竟帶了幾分撒嬌的口吻。

　　「好好好──我的小姐，回來我會犒勞你的，累一天了，早點休息吧，Bey──」電話那端，許釗的聲音出奇地溫柔，收線前，燕喃似乎還聽到一聲飛吻。放下電話，燕喃被一種莫名其妙的幸福感覺包圍著，她緋紅著臉，將自己深深地陷在沙發裏，任思緒圍繞著許釗飛揚。

　　不知過了多久，一陣突兀的電話鈴聲打斷了燕喃的遐想，聽筒裏傳來于小姐的聲音：「燕喃，你還沒睡吧？我想過去和你聊聊。」燕喃熱情地回應：「好呀，歡迎你來！」

　　短短兩天的接觸，燕喃覺得于小姐雖然快言快語，雷厲風行，但大大的眼睛裏似乎總籠罩著一層解不開的愁霧，這裏面的含意憑燕喃的人生閱歷是無法解讀的。這兩天，于小姐身為旅遊團的導遊翻譯，卻處處不動聲色地為燕喃提供方便，她對燕喃，絲毫沒有兩個陌生而又漂亮的女人之間常玩的那種互相拆臺、互相排斥的把戲，所以，燕喃漸漸喜歡上了于小姐。

　　十分鐘後，于小姐翩然而至。未等落坐，她就從挎包裏拿出一疊列印好的東西遞給燕喃說：「這是我通過上午的談判整理出來的各種指標和資料，你拿回去給你們老總許釗，他會需要的。」隨後她又遞過來一張名片說：「此人是布萊梅一家機械廠的業務經理，過去曾與我打過交道，印像中他們也生產這種流水線，你讓許釗去聯繫時，根據我提供的法國廠家的資料，把價格壓下來，代表團在德國逗留的時間比較長，你們出手乾脆俐落些，這單生意就十拿九穩了。另外，請轉告許釗那個犢子。我于小舟再不欠他什麼了！」

　　燕喃聽到「于小舟」這三個字，竟像遭雷擊了一般，半天回不過神來。這還是兩天來燕喃頭一次知道于小姐的全名。她難以相信，站在她面前的真的是那個一年前在慕尼黑華人界掀起過一場軒然大波的于小舟，豔壓群芳的于小舟、攜款出逃的于小舟……那個集各樣傳說與一身的女人今天就站在自己面前。兩天的朝夕相處，也沒使燕喃讀懂于小舟究竟是怎樣一個女人，傳說中的她和自己面前的她，哪個更貼近真實的于小舟。

　　于小舟見燕喃一副疑惑不安的樣子，憐愛地將她按回沙發，自己在她對面坐下，說：「你別怕，肯定是許釗那個王八蛋把我說得很不堪。當初，若不是他們兩口子合夥欺負我，我也不至於出此下策。我本想走得無影無蹤，可許釗卻得了便宜又賣乖，到處散佈我的謠言，在慕尼黑把我敗壞得面目皆非，真他媽不是男人！」

「可是，人家都說你是攜巨款外逃的呀？」燕喃無力地反問。

「巨款？他許釗還敢標榜自己趁多少巨款？就算他有，又哪一份不是我于小舟兩肋插刀為他掙來的？他的錢除了填他家裏那個鬼婆子的無底洞還能剩下什麼？幾年來，我幾乎全部身心都給了他，可他卻回過頭來狠狠地咬了我一口。當年，我進公司可是入了股的，走的時候也不過是連本帶利撤走了屬於我的那部分股金。許釗為什麼不敢對我窮追猛打？就因為我于小舟行遍天涯問心無愧！」

「誰都知道你曾為公司立下過汗馬功勞，若不是你自己突然跑掉，哪個會趕你走呢？」燕喃仍然不解。

于小舟便把自己當初攜款出逃的經過一古腦地傾倒出來，這積怨壓在心裏整整一年了：

你也許還沒看透，許釗這人雖道貌岸然，但城府極深。他那雙陰森森的眼睛簡直明察秋毫，我承認自己根本就不是他的對手。那年，韓立博士畢業後一直未找到合適的工作，我在公司幹了那麼久，已積累了一些經驗並建立了自己的固定關係，就和韓立商量，乾脆我們找機會拉出來單幹。就在這時，許釗開始頻頻向我發動感情攻勢。在所謂的愛情面前，女人都是弱智的，我也沒能例外，很快就墜入了情網。韓立發現我們的事後，氣得不行，逼我作出選擇。可當時，我真是鬼迷了心竅，滿心裝的都是許釗，暴怒之下的韓立平生第一次打了我，然後

離家出走了。當時，我根本就沒把這樁婚姻的破裂當成一件痛苦的事，反倒有一種被解脫了的輕鬆，這樣我就可以毫無顧忌地和許釗在一起了。那時，我是真心愛他的，竟癡癡傻傻地堅信，許釗遲早會為了我而離開那個鬼婆。可經過多次的兩情繾綣後，許釗絕口不提我們的未來，就像韓立的出走和他毫無關係似的，他甚至從來沒有在感情上給過我一個承諾。我可不是模稜兩可的人，這種似是而非、若即若離的關係令我非常疲憊和痛苦，終於有一天在他再一次欲和我親熱時，我憤怒地推開了他，忍不住衝他大喊大叫：「我受夠了，受夠了！」

從那以後，許釗一下子對我冷淡了下來。可這種結果並不是我想要的，我難以控制自己的感情，痛哭流涕地抱住他，問他為什麼這樣待我，我究竟做錯了什麼？長久的沉默後，許釗對我說：「我做人一向是有原則的，同事就同事，愛人就是愛人，我不想把感情和事業攪到一起，我們還是像過去一樣，作個好搭檔吧。」

「見你的大頭鬼去吧！」我聽後，當即唾他一臉口水，質問他：「你的原則應該早些講才對，發生了這麼多事之後才想起講原則，豈不是太晚了嗎？」

他輕描淡寫地說：「正是被事實證明當初我走錯了這一步，所以現在才努力使自己不再繼續錯下去。」許釗竟然如此隨意冷酷地處置我們之間的感情，我簡直氣極了，咬牙切齒地對自己發誓：「你讓我失去了家，我也絕不會讓你的家安生！

有什麼了不起，不就是有個鬼婆子嗎？」

可後來發生的事證明，我真是低估了他那個傑茜。

以後的日子，我拼命壓抑自己的感情。上班時，我努力做到像過去一樣自然得體、落落大方。工作上一絲不苟，全身心地投入。許釗還以為我想通了，逐漸放鬆了對我的警惕。

男人都是饞嘴貓，只要對他的切身利益不構成威脅，守著珍饈美食，豈有不動念頭之理？更何況我們曾經經歷過怎樣令人激動難忘的時刻呀！

終於有一天，公司裏人都下班了，只有我還在加班。那段時間，我一個人實在是懶得回那個冷冷清清的家，就常在辦公室裏加班到深夜。那晚，我正坐在電腦前起草一份合同書，門外響起用鑰匙開門的聲音，我抬頭一看，進來的果然是許釗。他說他開車送一個朋友回家，路過這裏，見燈還亮著，就知道是我還沒回去。說著，他的呼吸急促起來，雙眼內涵豐富地盯住我。我意識到復仇的機會來了，便推說口渴，起身到會客廳，借倒水之機，動作麻利地按下電話的擴音鍵，再按一個儲存碼，就立刻接通了許釗的家裏。那邊電話剛一拿起，還未等對方開口，我就壓低嗓音說：「傑茜請你別出聲，我是于小舟，你聽聽許釗會在辦公室裏與我做什麼。」

等許釗跟過來時，我已渾身慵懶地斜臥在長沙發裏，接下來的事情就水到渠成了。我們無所顧忌地興雲布雨，任壓抑已久的情慾噴薄出電閃雷鳴，這是我和他做愛最投入最徹底的一次。

風平浪靜後，我撫摸著許釗硬硬的頭髮問他：「你想我嗎？」許釗含糊不清地「嗯」了一聲。我不甘心地又問：「你愛我嗎？」

這些話過去我從來沒有問過他，因為我一直深信至愛毋言。感情深處的東西一旦說出來就沒分量了。可這次，那種痛徹肺腑的感覺已經沒有了，我卻要問他，我不是問給自己聽，而是問給電話那端的傑茜聽。

許釗一邊吻著我一邊嘿嘿地笑。我推開他說：「你別光顧笑，說話呀！」他仍舊笑著說：「我的行動，勝過千言萬語。」

這時，一直沉默著的電話機裏傳來玻璃摔碎的刺耳聲音。緊接著，切斷電流後的忙音被功能齊全的電話機擴散開來。許釗愣了片刻，馬上明白了是怎麼回事，不由分說揚手狠狠地抽在我的臉上。這一掌似乎使出了他全身的力量，一時間，眼前無數個金星朝我飛來。我搖晃著身體站起來，張開手，試圖接住這些可愛的星星，卻一頭栽了下去⋯⋯

燕喃躺在舒適的席夢思上輾轉反側。這幾天經歷的事太多了，在于小舟講述的故事裏牽扯了她自己和許釗一段刻骨銘心的過去，這讓燕喃心裏很不是滋味。許釗在燕喃心目中一直是那麼睿智瀟灑，他那副儒商派頭曾不止一次地令燕喃怦然心動過。燕喃甚至暗自設想過假如自己在廣州沒有一個年輕有為的未婚夫孫健，假如許釗離開傑茜，他們之間會怎麼樣呢？近

18

來，在許釗對燕喃說話的口氣裏，總有一種令人難以抗拒的親暱，許釗看她的目光裏也時常流露出憐愛和欣賞。燕喃由此判斷，許釗心裏一定是喜歡自己的，雖然許釗的年齡足足大她一輪。可正是這種不容質疑的成熟男人的魅力才使初出茅廬的孫健相形見絀吧。燕喃不願相信于小舟故事裏那個自私陰險的許釗，倒寧願相信于小舟仍是傳聞中那個貪婪的浪蕩女。此時，燕喃真希望自己根本就沒來過巴黎，若不是此行遇見于小舟，這一切煩惱就不會有了。

燕喃回公司後，把在巴黎的和于小舟相遇的經過告訴了許釗。

在許釗的臉上看不出燕喃所預想的激動、憤怒抑或其他更為複雜的表情。他只是略表驚訝地說了一聲：「噢，真是巧！」這樣一來，燕喃倒不知說什麼好了。接著，許釗又淡淡地補了一句：「也難怪，歐洲就這麼幾個有名的城市，而有名氣的中國人就更鳳毛麟角了，當然轉來轉去就碰到了一起。等這單生意忙完，我獎勵給你一個長假期，這段時間你瘦多了，需要好好休息。」在他的口氣中，燕喃聽不出半點和于小舟個人的恩怨，倒是充滿了對自己的關切。

由於燕喃從于小舟處帶回的資訊可靠、資料詳實，這單生意做得非常成功。為此，許釗給了燕喃一大筆傭金並又一次在公司裏高度評價了她的工作能力。但燕喃心裏明白，這裏面起

決定作用的並不是她燕喃，而是那個于小舟。這個女人雖然早就離開了這裏，但她的神秘氣息一直像個巨大的陰影籠罩著整個公司，誰知她這次的大義之舉的背後是否另有含意呢？

許釗沒有食言，燕喃果然得到了一個為期六周的長假期。她打算利用這個機會回廣州和孫健團聚。前一段時間，她實在是太忙了，她已記不清最後一次和孫健通話是什麼時候了，這次回去在感情上對孫健也是個補償。動身前，和以往一樣，燕喃並未大肆張揚。這兩年，由於工作性質，她的大部分時間也是在天上飛來飛去度過的，她早已習慣了旅行。公司的業務與廣州方面聯繫很多，燕喃也幾乎隔段時間就飛一趟廣州，加之孫健也會經常隨團到歐洲來。工作上的便利使這對戀人並沒有多少遠隔重洋的傷感，每一次出奇不意的相聚都能使他們幸福、激動好長時間。兩個年輕、蓬勃的身體在相聚的日子裏就像在為各自的蓄電池重新充電一樣，補充進來的能量足以支撐分別的日子。

下了飛機，燕喃叫了輛計程車，直奔他們共同置辦的小家。

廣州的春天不比歐洲，每次回來，燕喃都能一下子被其熱烈的生活氣息所感染，使她切身地感到，回家的感覺真好！

走在路上，不知為什麼，燕喃突然感到身上一陣陣發冷，她遂關照司機關掉空調，心想一定是這段時間體力透支太大，再加上在飛機上沒休息好。到家先洗個澡，再好好睡上一覺，很快就會緩過來的。燕喃這樣想著，車已駛進了住處。

　　燕喃提著小巧的旅行包走出電梯，摸出了隨身攜帶的鑰匙。

　　門開的霎那，燕喃楞住了。

　　此時，只見往日整潔的門廳裏被林林總總的女人時裝充斥著。直覺告訴燕喃：在她和孫健的生活裏一定遭受了什麼變故。

　　正當燕喃猶疑著不知是進是退的時候，電梯門開了，走出一對親熱地依偎著的男女。燕喃定定地望著他們，他們也吃驚地望著燕喃。那個右手托著西瓜的小夥子是孫健，可他臂彎裏緊摟著的高挑、嬌豔的姑娘是自己嗎？又一陣寒意向她襲來，燕喃想問什麼，嘴張了張，說出來卻是輕輕的一句：「我太累了，真想睡……」身子就沿著門框軟軟地滑了下去……

　　她真是太累了，只能把想不明白的事先放一放，好好睡上一覺。

　　等她醒來時，發現孫健垂頭喪氣地坐在床頭，正一把一把地扯著他自己的頭髮，一副欲說還休的樣子。燕喃環顧四周，並沒有什麼姑娘，那些花俏時髦的女人衣服也已經不見了，燕喃懷疑自己是作了一個夢。可當燕喃把目光收回到孫健身上時，夢就徹底地醒了。她看到了孫健的雙頰上胡亂不堪的口紅印，還有他那條米黃色真絲領帶上斑斑駁駁的字跡。燕喃輕輕牽過領帶，只見上面用原子筆娟秀地寫著：「最難忘如膠似漆的日子，愛情使一切變得美好。我是你自由天空裏的鴿子，想著我……」

　　這條領帶還是上次孫健來慕尼黑看她時，燕喃送他的禮物，如今卻盛滿了另一個女孩的濃情蜜意。領帶上洇開一片片

的印記，那是「鴿子」的淚痕吧？不難想像，在燕喃渾然入睡的時候，他們經歷了怎樣一場難捨難分的糾纏。

燕喃冷笑一聲，心想：「應該哭的是我才對」，卻奇怪自己怎麼流不出一滴眼淚呢？

沉默了一會，燕喃開口說：「我想我……還是回去吧。」孫健急忙按住她說：「不、不、燕喃，這房子你也有份，你想住多久就住多久。我走好了，房子歸你！」

燕喃歎息了一聲說：「算了，別說這些吧，我常飛廣州也是因為有你在這。既然人都不屬於我了，我還在廣州留個空房子幹什麼？」

孫健抹了一把淚，抬起頭來看定燕喃說：「別怪我燕喃，誰讓我們都這麼年輕優秀呢？我們面前的誘惑太多了！那陣子，我也是因為太想你才去泡酒吧。在那裏，我認識了打工的她。最初和她交往，僅僅是覺得她長得很像你，可很快就沉陷在她大膽、火熱的激情中難以自拔了。我不是成心瞞你，這些日子我一直想找機會告訴你。」

燕喃聽後，覺得很不可思議，遂冷冷地反問到：「歡場上的女子哪個不熱情大膽呢？難道這也值得你去認真？」

沒想到，孫健一聽這話卻急了，忙替「鴿子」辯解：「她不是歡場上的女子，她是上海人，大學中文系畢業沒找到合適的工作，才去酒吧打工的。現在，她馬上就要成為我公司裏的文員了！」

這時，孫健的手機響了，只聽孫健對著話筒斷斷續續地

說：「是……醒了……挺好的……這你放心……好吧……」

燕喃心想，真是說曹操，曹操到。卻見孫健把手機遞向燕喃說：「她想和你說話。」

燕喃極不情願地接過來，剛應了一聲：「喂？」那邊便一廂情願地甩過來一連串的話：

「燕喃，你休息好了嗎？孫健都告訴你了吧？我相信你會想通的。我們都還年輕，應該面對現實。你和孫健國內、國外長期分著總不是個事，我愛他，他也愛我，我相信他比當初愛你更愛我，把他交給我你就放心好了！晚上我們一起出去吃飯好不好？你和孫健分手了大家也還是朋友嘛。」燕喃皺了皺眉，真不明白她究竟哪來的那份自信，明明是鳩佔了鵲巢竟還如此冠冕堂皇，難怪孫健會被她纏上。真想搶白她幾句，又覺得和這種女孩沒什麼高低好爭，遂沉靜地回答：

「謝謝了，晚飯我不想出去吃，讓孫健給我煮點麵就蠻好。至於分手的事我更不想草率地去談，因為我覺得為了個莫名其妙的第三者就分手太不值，即使將來有一天我們不得不分開，也只能是由於我和孫健自己的原因。」

燕喃這麼快就從廣州回到慕尼黑，大家看她成天埋頭做事，說話聲音啞啞的，就大致猜出了八、九分，只是她自己不說，誰也不便追問，時間就這樣一天天匆匆流過。

這天下班後，別人都走了，只有許釗還在埋頭看一份合作

意向書。燕喃收拾好東西開口向許釗道別時，正遇上許釗抬頭迎上來的目光。那目光摯烈而堅定，直刺進燕喃的心裏。燕喃顫抖了一下，轉身欲逃。許釗卻站起身來走向她，一雙臂膀不容質疑地圈住她，看定她的眼睛問：「說吧，都說出來，到底發生了什麼事？」

此時的燕喃再也把持不住自己，伏在許釗的懷裏，像受了委屈的孩子一樣放聲大哭起來，邊哭邊嗚咽著說出了在廣州所經歷的一切。她哭的時候，許釗的一隻手就插進燕喃濃黑的長髮裏，一下又一下輕輕地替她梳理著。不知過了多久，燕喃止住了淚水，緊閉著眼睛，任許釗的手在她身上一寸寸地滑動。與此同時，許釗的吻也不失時機地落在她的額上、髮上，輕柔得像怕驚醒她似的……

終於，在許釗無微不至的愛撫下，一陣對這個成熟男人的強烈渴望從燕喃的體內升騰起來，她不由自主地喘息著，將自己玲瓏的紅唇迎了上去……

事後，滿心愜意的許釗用手指在燕喃光潔圓潤的肩膀上輕劃著，說：「知道嗎？燕喃，這些年我面前曾晃過無數個女人，可我很少有親近她們、和她們深交的願望。我常想，人的感覺真是奇怪。」

「那麼，我們的交往深嗎？」燕喃不自信地問。

許釗笑了，把赤裸的燕喃用力往他同樣赤裸的胸前攬了攬，嘴巴一下一下蹭著她的耳唇反問：「還不深嗎？我的傻丫

頭⋯⋯」

燕喃陶醉了，這一切來得那樣順理成章。這時燕喃才明白，其實她早就等著這一天了，即使她不回廣州，即使沒有發生孫健和他那只「鴿子」之間的故事，這一天該來也還是會來的。在發生了那件事之後，燕喃注視許釗的眼神裏就多了許多內容。而許釗則和平時沒什麼兩樣，每次和她說話，都是一副公事公辦的樣子，誰也看不出他們之間的關係已經有了微妙的變化。當辦公室裏只有他們兩人的時候，許釗就會隨意地替她攏攏額前的頭髮，拍拍她的臉頰，以表示他心裏還記掛著她。每到這時，燕喃都撒嬌地嘟起小嘴，一副委屈的樣子，許釗就會擁住她，一臉陶醉地說：「沒辦法呀，上班的人嘛，身不由己⋯⋯」

燕喃曾邀許釗和她共度週末，可許釗總推說沒時間，不是有朋友來訪就是有更重要的安排。後來燕喃很自覺地不再向他發出邀請了。燕喃明白：雖然許釗當任何人都絕口不提住在洋樓裏的德國老婆，但這並不意味著他就是自由的，那個女人無形的權威早已滲透到他的主要生活中。

「那麼，我又算什麼呢？」燕喃不免心灰意冷。

這時，公司裏發生了一件意想不到的事，許釗親手經辦的和深圳方面的一樁大額生意出了岔子。

按常規，本來應該等對方貨款到位才發貨，至少要先到一

25

部分。可對方是許釗生意上的老相識，過去每次和他交手，都是許釗先向德方廠家墊付貨款，然後深圳方面通過關係付來現金。這樣，雙方都逃脫了稅務部門的控制。過去他們這麼做從來沒失過手，可這次，情況似乎有些不妙。貨早已經發出卻遲遲不見回音，墊出的大額貨款收不上來，資金的周轉一時出現了困難。這期間，打電話、發傳真，對方都是忙音，這使一向處變不驚的許釗也愁眉不展了，忙派副總陳東親自飛往深圳。

陳東帶回的消息令公司所有的人都大驚失色。

原來，深圳有關部門已發現那家公司多年以來，採用各種手段偷漏了巨額稅款，已將該公司查封了，當事人也已被收審。

許釗聽後，驚出一身冷汗。真是夜路走多了，總有撞上鬼的時候。

資金周轉不靈，接下來的日子就舉步維艱了。許釗緊急召開股東大會，試圖說服股東們解囊相助，幫公司度過這一難關。會上，股東們面面相覷，全沒有了以往公司紅火的時候分紅利那份熱情了。有幾個股東甚至對公司喪失了信心，當場提出退股。

此時的許釗已是四面楚歌，情急無奈中只好出此下策。公司的工作人員都被放了長假，只留下兩個主要合股人應付局面。許釗對員工們許諾說，最遲不超過新年，他爭取讓公司恢復正常運轉，到那時再通知大家來上班。

　　說是放長假，斷了工資，其實和失業沒什麼兩樣。燕喃沒有向其他人一樣急著尋找新的工作，而是回到學校，繼續攻讀她那被擱置已久的德國文學專業。

　　這以後，燕喃竟再也沒見到許釗。她很為許釗和公司的狀況擔憂，隔段時間，燕喃就打往許釗的手機問候一聲，可電話裏卻常是許釗事先錄好的聲音，燕喃每次都給許釗一個簡短的留言，許釗竟一個電話都沒回過。燕喃不甘心，有一次一反常態地對著錄音恨聲恨氣地說：「許釗，你聽著，今天你若不給我回電話，我就不睡覺，我會等你，一直等……」

　　放下電話後，燕喃像和自己賭氣一樣，果真就一直等著。這期間，每當窗外有汽車駛過的聲音，她都要跑到窗前向外望。

　　她固執地認為，就在今夜，許釗一定會開著他那輛黑色的賓士，來到她這間淡雅的小屋裏。燕喃就這樣癡癡怨怨地等，一直等到天光泛白，竟連電話也沒等到一個。燕喃徹底地絕望了，對感情、對男人。她發誓，從此不再給許釗打一個電話。

　　轉眼，臨近聖誕了。聖誕節這天，大片的雪花從早到晚就這麼不緊不慢地飄著。大學公寓裏的學生們回家的回家、度假的度假，該熱鬧的節前早已熱鬧過了。面對突然安靜下來的環境，燕喃心裏一陣虛空。她實在沒有興致弄晚飯，本想和以往一樣，嚼片麵包打發一下肚子，可轉念一想，大過節的未免太

虧待自己了，便披上大衣獨自走出公寓。

　　燕喃沿街走著，今夜，她要挑一家裝潢溫馨的餐館，為自己點些合口味的東西，再要瓶上好的紅葡萄酒，就著這份閒情自斟自飲一番，莫辜負這個詳和的聖誕之夜。優秀的女人在這個世界裏忍受精神上的孤獨本來已是不容易了，自己再不善待自己，還能指望誰來珍惜你呢？

　　大街上掛滿鋪天蓋地的聖誕彩燈，遠近的教堂裏傳出悠揚的鐘聲。節日氣氛雖濃，卻幾乎見不到行人。此時，燕喃猛然想起：聖誕夜，也是團圓夜，誰會在這個時候離開家，跑到街上來閒逛呢？這些天，燕喃被那些煩心事攪得神思恍忽，竟忘了大多數餐館在這天晚上是不營業的。燕喃不由得長嘆了一口氣，無可奈何地想：這頓年夜飯只有省下了。

　　在回公寓的路上，燕喃走走停停，心裏總像有一樁什麼事沒放下一樣。路過一個電話亭時，燕喃似乎明白自己要做什麼了。她拉開厚重的玻璃門走進去，定了定神，按下了那幾個連日來在她心裏不知重複了多少遍的數字。按以往的經驗，此時許釗的手機應是關著的，只有兩句簡短的錄音。這樣最好，既給他拜了年，又能讓他知道自己給他打了電話，說明有人心裏仍牽掛著他，不必有多餘的話。燕喃追求的正是這種回味悠長的效果。

　　電話接通了。那邊鈴聲一響，燕喃就聽到了許釗在笑語喧嘩的背景下發出的聲音：「喂，誰呀？」

這是燕喃沒有預料到的，一時竟不知如何回答。略一遲疑，許釗竟像看見了她似的，在電話裏問：「燕喃，是你嗎？你好嗎？」

只這一句，燕喃緊繃了多日的身心頃刻間鬆懈了，淚水撲簌簌地滾落下來，剛說出：「我想你……」就只剩哽咽了。許釗說：「我也是……現在我正忙著調音響，家裏來了許多朋友唱卡拉OK，咱們以後再說吧。」那口氣平靜得讓燕喃感到許釗不過是在應付她，甚至連她現在在哪許釗都沒問。放下聽筒，被五顏六色的彩燈籠罩著的燕喃，邊抹著怎麼也止不住的淚水，邊一步一步往回走，任燈光將她的身影拉長又縮短。

到家後，燕喃發現信箱裏不知什麼時候躺著一封孫健的信。信上說，他已游出「鴿子」的愛情漩渦，冷靜下來想想，覺得自己當初的做法很可笑。近來，越來越感到生活中不能沒有燕喃。雖然發生了那件令人遺憾的事，但在兩人攜手走過的歲月裏，畢竟有過許多美好的回憶。大家都年輕，成長的道路上誰能保證不出錯呢？年輕人犯錯誤，連上帝都會原諒的。過了新年，他將隨一個考察團來慕尼黑，到時會和燕喃商量一下今後的打算，是孫健留下來和燕喃一起求學，還是燕喃回國幫孫健辦自己的公司。總之，憑他們的實力，無論在國內還是在過外，生活都不會差，只要兩人在一起。

燕喃讀罷信，隨手把它丟在書桌上。很顯然，信裏流露出

29

孫健特有的自信、自負、自說自話的氣息又一次刺痛了燕喃，分手與和好的理由都被他說得頭頭是道。可即使孫健不來這封信，燕喃也準備找機會和他談一次的。事情已經拖了這麼久，分手也好，和好也罷，總得有個了結。和許釗曾經有過那麼深入的交往，本以為關鍵時刻許釗會拉她一把的，就算不給她未來的承諾，此時此刻，張開他的懷抱，能讓她靠一下也是個安慰呀。可是許釗此時的樣子，似乎是根本不想和她再發展什麼故事了，好像他們的故事早已結束，又好像他們之間根本就沒有發生過什麼故事。此時，燕喃才明白，過去和許釗深入交往的只是身體。在感情上，許釗雖把她心的領地佔據得滿滿的，而屬於他自己的情感世界，卻從未讓燕喃踏進過一步。想到這，燕喃心頭湧上一陣深深的悲哀。無論是面對同齡的孫健，還是面對成熟的許釗，她都敗得很慘。孫健的鋒芒畢露與許釗的胸懷城府，都是那麼深地傷害了她，只不過來自孫健的傷害是鮮血淋漓的外傷，而來自許釗的則是難以言說的隱痛。

這個世界究竟怎麼了？

燕喃不願再想下去，她按下收音機的開關，旋小音量，讓和緩的聖誕音樂在她小屋的四周彌漫開來。「明天，我也許去河邊的教堂去唱詩。」燕喃對自己說。

這一夜，燕喃睡得很沉。

新年後，許釗的公司並沒有像他許諾的那樣有什麼起色，

工作人員一個個一去不返，資金一點點地分流，政府財政稅務部門也窮追猛打，不斷地有人上門查帳。危難之中，傑茜一點也不含糊，以最快的速度更換了房契、車牌的名字，然後宣佈與許釗分居。這樣，即使許釗不得已宣佈破產，索賠也傷不著她傑茜一根毫毛了。

對傑茜的做法，許釗似在意料之中，並予以充分理解，這也是傑茜在辦理這一切繁瑣的手續過程中，沒遇到來自許釗方面一點障礙的原因。

許釗從那幢洋樓裏搬出來，心裏有一種完成了使命的輕鬆。在這椿互為利用的婚姻中，他們雙方都獲得了自己想要的東西，他還有什麼可抱怨的呢？

不久，燕喃接到了回公司上班的通知。只是公司裏的總經理已不再是許釗，而是在巴黎得到消息殺回來的于小舟。于小舟的突然出現使許釗躲過了破產的劫數，同時也吞併了許釗的大部分股份。于小舟從巴黎旅遊公司挪來的資金，助她順利完成這個「小魚吃大魚」的壯舉。

「你把許釗的公司兼併了，準備拿他怎麼辦？」這是燕喃回公司後最關心的問題。

「什麼怎麼辦？副總的位置給他留著，只要他願意，隨時可以來上班，工資待遇一切從優。元老總歸是元老，他許釗不仁，我不能不義。」于小舟大模大樣地回答。

然而，對于小舟的好意，許釗卻並不領情。不久，他便應

聘到一家德國貿易公司任業務經理。幾個月後，被派往北京任德方駐中國總代理。在自己的國土上，許釗更是如魚得水，搖身一變，成了一個十足的「假洋鬼子」，據說，這家公司由於許釗的出任而財源滾滾。

這期間，燕喃曾收到過許釗的一封信。他在信裏解釋說，那段時間不與燕喃聯繫是因為太在意她，所以不願以一個失敗者的形像出現在她面前。而今，自由的他又重新站了起來，如果燕喃願意來到他身邊，此時他完全有能力給燕喃營造一個溫馨的避風港。

讀畢，燕喃將信隨手一團，扔了。心想：還是于小舟看得準，這個人不但深不可測，還極端自私，他心裏只有自己的榮辱成敗，何曾想過別人在那些日子裏的感受？

于小舟的公司裏，副總經理的位置一直空缺，一年後才有合適的人選。這人是從廣州趕來執意要與燕喃成婚的孫健。

重新組閣後的公司很快就以嶄新的面貌步入正軌。孫健的到來，不但為公司帶來了數量可觀的參股資金，他活躍新潮的思維方式與敢想敢做、敢做敢當的魄力令于小舟非常賞識。共事越久，越讓于小舟感到這個活力四射、血氣方剛的青年人與前任老總許釗的老謀深算是多麼截然不同。對於歐洲人，外表上三十歲與四十歲也許差異並不明顯，可對突飛猛進地發展著的中國來說，差一個年代就意味著相隔一個時代，尤其是處於

風谷浪尖上的男人，這種差異就更加顯著。于小舟當年與許釗共事時是身心疲憊，許釗會身體力行地促使你在生意場上與對手鬥智鬥勇。當她身不由己地陷入婚外戀的泥潭後，又要在感情上與許釗廝殺，現在回過頭來想想真不值得，于小舟自己都不理解當時的瘋狂，她那時並不真愛許釗，只是不甘心感情被他隨意處置，哪個漂亮女人能容忍男人的輕慢？她又是那種逆反型的女子，得不到的東西寧可毀滅給你看，誰讓許釗偏偏撞在這種女人的手裏？

孫健的魅力在於坦蕩隨意中流露的自信，與他處事免了許多互相揣測的麻煩，也許正是這種無遮無攔的坦蕩才對燕喃傷害那麼深。于小舟曾苦口婆心地勸過燕喃：「你一個見過世面的人，別那麼小肚雞腸的好不好？孫健是好是壞讓人一目了然，他即使傷害了你也是傷在明處，還有藥可醫，這年頭怕就怕在你心上戳刀子的男人，讓你傷痕累累卻有苦無處訴。」這些話倒是重重地敲在了燕喃的心上，只有她自己知道她曾經那麼深切地愛過許釗，可這份愛到後來竟落得個無人傾訴的結局，至今除了夜深人靜時和自己的內心對話外，那段刻骨銘心的感情，今後恐怕也只能爛在肚子裏了。這樣一思量，燕喃對孫健一點也恨不起來了。每當孫健帶著深深的歉意為燕喃忙這忙那時，她就會不由自主地生出一股愧疚的情愫。其實要說感情上的虧欠，他們已經扯平了，只是燕喃做不到孫健那麼坦白。燕喃何嘗不想坦白一次，活個明白，可許釗對這段隱情的深藏不露

令燕喃無從說起。好在這一切都過去了，生活該是什麼樣還會是什麼樣，只不過走了點彎路而已，燕喃心裏這樣安慰自己。

　　于小舟在家鄉聯繫到一筆出口上等長白蔘的業務，正好孫健與德國諾米保健食品公司有密切的業務往來，這個項目就由孫健全權代理了。孫健信心百倍地當著眾人宣佈，這單大生意談成那一天，他請全公司的人喝喜酒，他要大張旗鼓地向燕喃求婚。于小舟笑罵：「傻小子，老毛病又犯了，還沒問燕喃願不願意呢就亂放炮！」燕喃斜倚在辦公桌前，落落大方地拋給孫健一個飛吻算是答覆，惹得眾人一陣開懷大笑。

　　孫健親自跑了一趟長白山，帶回了五隻高檔人蔘樣品，馬上又投入了新一輪的談判。正當孫健為這個項目忙得分身乏術之時，突然得到家裏的消息，說妹妹孫婷高中畢業，赴德讀書手續已辦好，近日可抵達慕尼黑。孫健苦笑著對燕喃說：「婷婷一直吵著要來德國我都沒答應，她從小生活優越，都被父母寵壞了，哪是讀書的料，來了瞧給咱們添亂吧。」燕喃反倒安慰他：「讀不讀書是另一回事，小丫頭出來見見世面也是好的，她已過了十八歲，出來鍛鍊一下也許能讓她懂事些，反正你家裏也不指望她金榜題名，耀祖光宗。」

　　婷婷抵達慕尼黑這天，于小舟和燕喃一起開車去機場接她。二人站在出口，遠遠的就看見婷婷身穿背帶牛仔褲，頂著一頭染成紅棕色的頭髮，搖著手裏的毛毛熊跑過來。于小舟

說：「原來你們的妹妹是個『新新人類』，看見她我才感到自己老之將至了！」燕喃看著輕手利腳的婷婷，不解地問道：「你的行李呢？」婷婷大咧咧地用手往後一指，答道：「一個同機的『老頭兒』答應幫我拿。看，他來了！」

循著婷婷的手指望去，二人不由得大吃一驚，原來推著大包小裹的行李車正走過來，被婷婷稱作「老頭兒」的人竟是他──許釗。

許釗走到她們面前，意味深長地一笑說：「是你們，真是巧，這世界變得越來越小了。」于小舟跟沒看見他一樣，若無其事地甩著車鑰匙轉身而去。

燕喃向許釗伸出手去，平靜地望著他說：「多謝你一路照顧小妹，她不懂事，給你添麻煩了。」許釗盯著燕喃良久，說道：「我先回家，等處理完我的事再跟你聯繫。」說完，放下婷婷的東西，頭也不回地走了。

望著許釗的背影，燕喃心想：他還是那麼自負，頭髮黑得不正常，肯定是剛染過。怎麼步伐也顯得有些老態？畢竟是快奔五十的人了，再要強的人也不能和歲月較勁。

一路上，于小舟和燕喃各懷心腹事，話都不多，只有婷婷嘰嘰呱呱不停地說。說著說著，她從背帶褲兜裏摸出一張名片，又要過燕喃的手機，只聽婷婷對著話筒毫不掩飾地大呼小叫：「喂，老許頭，到家了嗎？剛分開我就想你了，我覺得你

35

人特好，特像我爸，以後我想我爸了就去看你，行嗎？」剛說到這，于小舟猛然一個急剎車，車滅火了，發動了半天才又重新啟動。燕喃奪回手機，低吼道：「小丫頭剛下飛機別不知深淺！」婷婷不服氣地嘟囔：「我又沒做什麼壞事，就是願意聽他說話。這一路和他天南地北地閒聊，我一點都沒困。你們不知道，這老頭好神吶，什麼國家都去過，還特有風度、特有錢，他說他光顧滿世界地飛來著，連孩子都沒有，要有，也差不多和我這麼大了。」婷婷在後座自顧自地說著，燕喃聽了不由得在心裏哀歎：「許釗，你這個魔鬼！」

　　出了飛機場，許釗迫不及待地乘計程車趕往他和傑茜的小洋樓。在他四面楚歌的時候，關鍵時刻還是傑茜給他出的主意。為了保護主要家庭財產不被沒收，儘快辦理離婚手續，將房產、汽車、存款、保險等所有有價值的東西都轉到傑茜名下，造成他許釗已是一無所有的假象，等避過這個風頭，許釗再回歸家庭。當然，假離婚的事實只是他和傑茜之間的協議，雖然憑許釗的精明，也知道這麼做有一定的風險，一旦傑茜日後不認帳，他許釗將啞巴吃黃蓮。可當時也實在想不出別的辦法，退一步說，即使把財產都讓給傑茜，也比被查封沒收強。許釗在中國期間，業務發展得順利時，不禁為自己的計謀洋洋自得，國內賺著大錢，國外還有退路，只是多年來傑茜的冷淡讓他吃不消。當年，他倒真希望于小舟的瘋狂能激發出

傑茜的醋意，可事後傑茜對此卻隻字不提，老鼠照養、狗照遛，就是不問你許釗在外面都幹了什麼。和燕喃的交往，許釗曾動過真情，可那強烈的感情又被自己拼命地壓了下去，他覺得時機尚不成熟。他曾極其矛盾地回避著燕喃，同時又強烈地思念著她。她無助的眼神，她逸動的長髮都是那麼深切地牽著他的心，可他不敢走近這個心中的完美，他怕無情的現實擊碎這份完美。傑茜的冷漠霸道，于小舟的熱情狂放都讓他無所適從，表面還得裝出一副鐵打金剛的樣子。面對女人，他只能用表面的自負來掩飾內心的虛弱，這也許是多年來，他為什麼吸引女人又留不住女人的原因。他曾設想過與傑茜名正言順地把婚離掉，這樣至少能從傑茜那分得半壁江山，再加上他許釗的實力，今後會給燕喃一個妥善的交代。他曾試探過，可燕喃沒有一點回音，依他對燕喃感情上的把握，這有些出乎他的意料。可他的個性又不會讓他追著女人不放，哪怕這個女人是他心中的至愛，但這件事對他的自信心多少是個不小的打擊。

這次回來之前，他和傑茜也通過電話，當說到要殺回來處理財產並打算東山再起時，傑茜的態度倒也爽快：「能過下去當然就簡單了，實在過不下去也不必勉強，你可以隨時回來拿走屬於你的。」許釗聽了這話，甚至還有些感動，心想，雖然這些年有許多的不和諧，但畢竟夫妻一場。

　　計程車停在了夢中無數次回來的小樓前，這回他許釗是真的回來了！

　　穿過栽滿花草的庭院，推開虛掩著的房門，一股咖啡的濃香撲面而來，許釗不禁愜意地深吸一口氣，這熟悉的味道令他想起了多年前剛結婚時的情景。結婚十幾年來，他們之間雖冷戰的時候居多，但也不能否認幸福的時光一點沒經歷過，尤其是新婚時，傑茜不厭其煩地為許釗燒咖啡、烤蛋糕，甚至早餐端到他的床前……那時的許釗曾認為自己是天下最幸福的丈夫。可是，時間這個魔術師，不知不覺中把一切都變得面目全非了，但願經過這場變故，夫妻分開一段時間後能找回一點當初的感覺。這樣想著，許釗以他慣有的自負大步跨進了客廳，可是，映入眼簾的一幕，卻令他目瞪口呆……

　　客廳裏，傑茜一改往日的不苟言笑，正和一個高大健碩的德國男子談笑風生。見許釗進來，傑茜手摀著突兀的肚子，笨拙地站了起來，說：「你回來得正好，這是迪特，我過去的情人，現在的丈夫，他快當爸爸了！」聽了這話，許釗兩眼噴火，一字一頓地問出一句：「你說你身體不好，不能生孩子，原來你騙我！」迪特爆笑道：「是不能和你生，你外面那麼多女人，難道她們也不給你生嗎？」傑茜制止了迪特，緩緩地對許釗說：「你別以為你聰明，其實你幹的那些事我什麼不知道？有些女人說了什麼、做了什麼不需要根據，她只相信直覺！當年，為了照顧你的生活，我放棄了自己的工作，可你在

外面越來越風光，也越來越不愛回家，哪個女人也不會傻到丈夫早已不愛她了還渾然不覺吧？那些年我抽烈性煙，我酗酒，你從未過問過一句，若不是遇見了迪特，我還不知頹廢成什麼樣子呢！不錯，這房子，這家裏的一切都是你掙來的，可我也為這個家付出了青春和感情⋯⋯」說著，傑茜已泣不成聲。這時迪特走過來，憐愛地環住傑茜，回頭對許釗說：「傑茜說你要回來拿走你個人的東西，我已為你整理好，就放在儲藏室裏，你看看還缺什麼？」剎那間，許釗心裏空空如野，拖著沉重的腳步，他不知怎麼走出的這個早已經不是他的小樓⋯⋯

　　孫健的人蔘業務正緊鑼密鼓地進行著。于小舟讓燕喃先陪小妹熟悉環境，還督促她抓緊時間置辦結婚用品。燕喃笑道：「還有什麼好置辦的？感覺上我們都是老夫老妻了！」于小舟說：「結婚和不結婚總歸是不一樣的。」

　　婷婷剛註冊了語言學校，去了兩天就叫嚷德語難學，她更願意陪燕喃逛商場。這天，她們正在商場裏，燕喃的手機響了，竟是許釗打來的。燕喃撇下婷婷，一個人躲到消防口，和許釗一聊就是一個多小時。電話裏，許釗一改往日的灑脫自信，長吁短歎地宣洩著對人生的悲觀情緒，燕喃聽著，想起過去為他癡迷的時光，心酸得差點流下淚來。她控制住情緒，輕聲問道：「我能幫你什麼呢？」許釗說：「你的聲音就是我最大的安慰，今天是我第一次向人傾訴心裏話，我覺得我此時的

心情只有你能理解。燕喃,有句話我想我現在該說了⋯⋯」聽到此,燕喃像是被人狠擊了一掌地猛然醒悟過來,忙打住話頭,用一種歡快的語調說:「忘了告訴你,我就要結婚了,現在正在選購結婚用品,過兩天又得找新房子。你心情不好,也別一個人悶著,晚上來我家吃飯吧,和孫健一起喝兩杯。」電話那端的許釗停頓了一下,又換回了往日的自負:「今晚沒時間,朋友請吃火鍋,改日我請你吧。」收線後,燕喃心想,許釗是不會再打電話了,他自以為是的尊嚴太尊貴也太脆弱,而燕喃自己更不會主動去聯絡他,如果一個女人想起她愛過的男人時,痛惜的感覺取代了以往的欣賞和崇拜,那就到了該了斷的時候了。

在公司裏,燕喃想起這天是孫婷的二十歲生日,也是婷婷在國外過的第一個生日。燕喃於是推掉了于小舟和客戶約好的飯局,提早下班。她知道孫健正忙,只有她這個準嫂子抽出身來關照婷婷了。路上,燕喃折進一家商城,來到高檔化妝品櫃檯前,為婷婷選了一深一淺兩支外型像筆管樣的口紅,這是燕喃自己最喜歡的法國名牌,只可惜婷婷尚未到識別品牌的年齡。她有大把的青春可以揮霍,根本無心欣賞燕喃從骨子裏流露出的閒適和優雅。包好禮物,燕喃撥了婷婷的手機,婷婷脆生生的笑在嘈雜的背景下響起:「燕姐,今晚我住朋友那兒,他們已安排好了節目為我慶賀生日,你別等我了!」燕喃很是理解,這一代的新新人類自有他們的活法,婷婷常掛在嘴邊的

話就是：「只要我願意，沒有什麼不可以！」近來婷婷是越來越野了，三天兩頭住到朋友家，這樣也好，說明她適應環境的能力強。

第二天一上班，于小舟就一臉嚴肅地來到燕喃面前。燕喃問：「出了什麼事？昨晚和客戶談得不順利？」于小舟說：「是另外的事，也許比生意不順利的後果更不堪設想。燕喃，你得當心後院起火！」接著，她告訴了燕喃昨天夜裏她所見到的一幕：

于小舟陪法國的生意夥伴吃晚飯時，對方一再表示對慕尼黑的Casino很感興趣，於是，飯後一行人趁著酒興直殺進賭城。沒想到，于小舟一進去竟看見婷婷和幾個大孩子玩得正投入，那晚婷婷輸了很多。「你能想像出是誰給婷婷出的賭資嗎？」于小舟頓了一下又說：「是許釗那個犢子！他一直站在婷婷身後，一臉陶醉地欣賞婷婷輸錢的樣子。」燕喃忽地站起身，失態地嚷道：「瘋了，他們都瘋了！婷婷年輕不懂事，難道許釗他四十大幾的人腦子也灌了漿糊不成？」于小舟說：「我們都冷靜點，先別告訴孫健，免得他一衝動幹出什麼傻事。目前關鍵是把婷婷找回來，你說這段時間她住朋友那兒，我猜十有八、九是和許釗在一起。」燕喃抓起電話正要撥，卻見婷婷背著雙肩包，臉蛋紅撲撲地從外面闖了進來。

真是說曹操，曹操到。還未等坐穩，婷婷就迫不及待地說：「燕姐，你和我哥結婚找新房子就不用考慮給我留房間

了，我準備搬到我男朋友那裏去。」燕喃冷著臉問：「誰是你的男朋友？」婷婷不無得意地回答：「就是飛機上遇見的那個長得像我爸的『老頭兒』！」

「不行！」燕喃脫口叫道，「你可以搬到任何一個你喜歡的男人那裏，就是不能住到他那兒！」婷婷大惑不解：「為什麼？我倒覺得他除了老點兒，別的都挺好的。他寵我、愛我、寬容我，還那麼有學問，什麼都懂，簡直就是我的學校，連我們同學都叫他『許老師』，哇賽，酷畢了！」燕喃一陣煩躁，雙手揉著太陽穴，一時不知從何說起。這時，于小舟走過來，扶著婷婷的肩膀沉重地對她說：「你還年輕，有些事根本看不透，他不會為你的未來負任何責任，更不會給你哪怕一絲一毫的承諾！」婷婷聽了這話，大笑道：「怎麼連你們也膩膩歪歪地說這些？他在我眼裏已經是個老人家了，連他自己都承諾不了，還給我什麼承諾，別嚇著我！我又沒說我愛他、要嫁給他，有這麼一個風度翩翩的成熟又成功的男人呵護我、為我買單有什麼不好？他要動真格的，我還不跟他玩了呢，只要我開心，管他那麼多！像你們思前想後的，累不累呀？」婷婷的一腔新潮論調，說得燕喃和于小舟只有面面相覷的份。這時，公司裏來了聯繫業務的人，她們顧不上反駁小丫頭的怪論，各自招呼客人去了，也不知婷婷是何時離開的。

下午，孫健把諾米保健品公司的談判代表帶來了，他們是回公司取真空包裝的人參樣品的，對方要取樣化驗。孫健來到樣

42

品儲藏室，打開冰箱，不禁楞住了，上次回國去東北，他明明帶回五支人蔘，怎麼只剩下了三支？缺的正是那兩支大的上品長白蔘。孫健不動聲色地挑出兩根，交給對方代表，等對方告辭離去，才鄭重其事地對于小舟和燕喃提及此事。一時間，大家都感到事情來得蹊蹺，于小舟說：「我們得趕緊調查一下這兩天有無外人進儲藏間，弄清他拿人蔘僅僅是貪便宜還是另有目的。」

晚上回到家裏，燕喃簡明扼要地說了婷婷執意要和許釗好的事，由於孫健並不知燕喃的隱情，所以聽了倒頗不以為然，只輕描淡寫地說：「小丫頭嘛，離家在外純屬戀父情節，許釗若不嫌她煩，就讓她住過去好了。」既然孫健當哥的都這麼表態，燕喃也不好再說什麼，只有隨她去了。

一連幾天，燕喃心裏總是莫名其妙地七上八下，自從婷婷和許釗住到一起後，燕喃常常半夜裏從夢中驚醒，上次電話裏婉拒許釗時，燕喃也明白許釗身邊是不會缺少女人的，可沒想到會這麼快，更沒想到那個女人——如果婷婷也稱得上是個女人的話，還是自己親近的人，難道這一切僅僅是偶然？還是許釗有意這麼做？燕喃是性情中人，她寧願相信這是天意難違，如果是後者，許釗竟忍心用這種手段傷害一個如此珍視感情的人，作為男人，他也未免太陰毒了。

雖然許釗在國內幹得好好的，可他總覺得那畢竟不是自己的事業。懷念過去的風光是人之常情，一想起當初在德國的生

意場上呼風喚雨的感覺，許釗就有一股說不出的躁動，畢竟在這個環境裏生活久了，早已錯把他鄉當故鄉，這也是促使許釗重新踏上德國這塊土地的原因。出乎他意料的是，這個世界變化太快，不到兩年，這個他當年再熟悉不過的環境已經物是人非，就連他一直自認為運籌帷幄的女人們，迎頭給他的竟也是一連串的打擊。于小舟眼裏的不屑，傑茜的絕情，燕喃不卑不亢的拒絕一度令他沮喪、頹廢。這世上陰差陽錯似乎每天都有許多無奈的故事在發生，在感情上，如果他此時還敢奢談什麼感情的話，憑良心說，他許釗並未成心始亂終棄。

所謂天無絕人之路，恰在此時，命運又把婷婷這個稚嫩、鮮活的女孩兒送到他面前。此時的他已失去了抗拒女人的能力，他就像個溺水的人尋找救命稻草一樣，一旦抓住便不忍放手。此時，似乎也只有新潮又簡單的婷婷能帶給他自尊的滿足。從婷婷發亮的眼眸中，他又尋回了昔日被女人欣賞、崇拜的感覺，這種感覺過去不屑於去體會，而今再不珍惜恐怕將一去不復返了。他說不出對婷婷的感覺，這感覺多少有點像瀕死的人離世前那一瞬的迴光返照，他渴望鮮活的生命能啟動他日趨麻木的激情，哪怕激情之後歸於沉寂。

令許釗寬心的是，婷婷並不總是那麼恣意任性地胡鬧，比如說這幾天就很乖，晚上還笨手笨腳地下廚房煲雞湯給他喝，雖然那雞湯煲得說不出什麼滋味，令人難以下嚥，但許釗很領情，為了鼓勵婷婷的熱情，他總是在婷婷期待的目光注視下，

故作愜意地將雞湯喝得乾乾淨淨。也許是心理作用，和婷婷在一起，許釗感到自己又變得年輕而又生機勃勃了，擁著婷婷時，他甚至覺得未來還有大把的好時光在等著他。

經過這段時間的馬拉松談判，從于小舟家鄉引進長白蔘的合同終於簽下了。為了給孫健慶功，下班後，公司的幾個股東去中餐館吃過飯後，又意猶未盡地跑到于小舟家大唱卡拉OK，幸虧于小舟的住所是小巧玲瓏的獨樓，韓立又出去帶團了不在家，所以大家能由著性子一直折騰到將近凌晨。

曲終人散，就在大家紛紛告辭的時候，燕喃的手機突然響了。于小舟捅了下孫健，笑道：「這個時候還有電話，還不快去察看敵情？」二人回頭再看燕喃，只見她早已花容失色，慌慌張張地招呼他們說：「快走，是婷婷打來的，許釗出事了，問什麼事她又不說，只是哭……」三人急急地鑽進于小舟的汽車，按婷婷給的地址絕塵而去。

這是許釗在靠近市區新租的公寓，雖遠不及當初他和傑茜的小洋樓奢華，環境倒也優雅靜謐。三人一進屋，只著一件紗質睡衣的的婷婷就披頭散髮地哭倒在燕喃懷裏，臉上的表情似受了極度的驚嚇。「許釗在哪兒？」孫健問。婷婷顫抖著手向臥室指了指，孫健疾步過去猛力推開臥室的門，眼前的情景使他也大吃一驚。只見許釗赤身裸體地仰臥在大床上，口鼻流出的鮮血將床單染紅了一大片，雙手機械地抓撓著前胸，只見吐

45

氣不見吸氣。孫健一把抓起扔在床頭的睡袍，胡亂裹住許釗那副皮肉已顯鬆懈的身體，一邊回頭衝目瞪口呆的于小舟和燕喃吼道：「快打電話叫急救車！」

很快，許釗被就近送進了醫院的急救室。從醫生對婷婷斷斷續續的詢問中，大家知道了事情的來龍去脈。

原來，婷婷和許釗住到一起後，雖被許釗外在的成熟風度所吸引，但在涉及實質問題時，又總有不盡人意的感覺。當時，她並沒從自己缺乏引導成熟男人的經驗上尋找原因，反倒單純地認為許釗老了，中看不中用了。於是，趁那天燕喃她們忙於和客戶寒暄時，偷拿了公司的兩支人蔘樣品，瞞著許釗天天煲人蔘雞湯給他喝。不出一個星期，竟熬光了兩支巨參。喝了參湯後的許釗，既有成熟男人的溫柔體貼，又具備年輕人的激情慾望，連日來令婷婷銷魂蝕骨。沒想到這天夜裏，兩人正同以往一樣大興魚水之歡時，許釗卻一再喊熱，並不停地喝水，最後突然大叫一聲，口鼻噴血地撲倒在婷婷身上。當時，嚇傻了的婷婷見他手指著電話既動彈不得又說不出話來，一急之下撥了燕喃的手機……

于小舟攔住了孫健衝婷婷恨恨揚起的巴掌，說：「先救人要緊。許釗也是，沒那金剛鑽了還要硬攬瓷器活，他咎由自取！」這時醫生出來告知：患者已脫離了危險，好在他吃的僅僅是人蔘而不是「威而剛」，否則憑他體力超量的消耗，恐怕頭幾天就沒命了。然後又特殊關照婷婷：「你男友

的命是保住了，可他的『命根兒』已嚴重受損，雖然我們會盡力而為，但能恢復到什麼程度目前還不好說，你要有思想準備。」

燕喃憐愛地摟緊了婷婷，可婷婷自己卻滿不在乎地說：「準備他個大頭鬼！他早就是賊心賊膽都不缺，賊卻跑光了的人，要不我也不會給他弄人蔘來吃！」

這時，天光早已泛白，大家見許釗已無大礙，再陪下去反倒大家尷尬，就讓婷婷留下，一行人離開了醫院。

剛走出醫院大門，婷婷就從後面追了上來。于小舟問：「怎麼不陪你的『學校』了？關鍵時刻翹課可不是好學生。」婷婷早已恢復了鮮活的神氣，脆生生地回答：「今天我從他這所學校正式畢業了，想跟你們回家！」

晨霧中，于小舟的車疾馳著，婷婷忽然又問孫健：「哥，你說許釗出院後能不能因為給他吃人蔘去告我？」孫健沒好氣地回答：「這破事別問我，你活該！」燕喃說：「婷婷你以後只管好好讀書，別再胡鬧了。」于小舟憤然道：「他若真好意思告，我倒有話對他說。別看婷婷二十歲了，可心性還是孩子，對德國的社會情況又不瞭解，我會出庭作證是他先引誘你，唆使你賭博……」燕喃打斷她：「行了小舟，殺人不過頭點地，許釗他人都這樣了……」燕喃沒再說下去，思緒卻隨著窗外掠過的景色飄到很遠……

男人的定力

一

　　豔君聽說我去德國進修，近日即將啟程，這幾日就不斷地往我這裏跑，每次來都大包小裏的。別以為她是重朋友情意，其實這些東西都是她託我稍給她那位在德國讀博士的小老公的。我和豔君、郭東夫婦在大學裏就是同班同學，工作又在同一家研究所，後來我和豔君先後讀了博士。

　　她再來時，嚇得我直叫：「不能帶了，我的行李都超重了！」她根本就不往心裏去，嬉皮笑臉地說：「你不過在那裏進修半年，就得趕回來博士答辯，哪用帶那麼多東西？不如多給郭東帶些，你用什麼就朝他借，反正你們在一所大學裏，這不還省了你的錢了嘛！」說著把一包包果乾魚片硬往一隻電飯煲裏塞。我賭氣道：「那好，我索性就天天去他那裏蹭飯了，看你怕不怕！」她嘴一瞥：「我怕什麼？看他那熊樣，騙我一個都賺了，哪還有第二個不長眼的看上他！」

　　豔君這話倒真沒誇張，說心裏話，無論是論外表還是論才華能力，豔君都遠遠超出她的小丈夫。郭東的小並不是在年齡上，而是那副看起來永遠也長不高的身材和那張似乎永遠也不

會成熟的娃娃臉，再加上窄肩膀小腦袋，真不知豔君看上他哪一點了。他們是大學同學，在國內，豔君還有一年就博士畢業了，可郭東卻三番五次讀不上，後來到德國還是豔君借一次專業研討會之機幫他聯繫的。別看他們才二十八歲，說起來結婚也有四、五年了。也許是沒有小孩的緣故，看他們手牽手地出出入入，不知情的人還以為是熱戀中的情人呢。尤其是豔君，到現在還經常收到小夥子們的情書。轉眼，郭東出去也有半年了。這期間，一下班，實驗室的電腦就成了豔君的個人專用，她在網上和大陸那端的夫君打情罵俏，分別的日子也真好打發。豔君常常自信地說：「他呀，總像小孩子似的依賴我！」也許，在她們不甚匹配的婚姻關係中，正是郭東對她的這種依賴給了豔君被人需要的滿足感吧。大多數女人在感情上依賴男人，可偏偏有些女人天生迷戀被男人依賴的感覺，豔君就是這樣的女人。

　　飛機準時起飛正點到達，來機場接我的當然是郭東，都說出國的人吃不慣西餐，可半年的單身生活卻養得他神情飽滿的，人也比過去胖了，多了男人的成熟，這樣反而順眼些。同來的還有一個戴著深度近視鏡的矮個女孩，年齡不過二十出頭，雖其貌不揚看上去倒也清爽文靜。郭東在向女孩介紹我時說：「這就是我的同事余老師。」在國內他可是隨著豔君一直叫我「小魚兒」的，才出來半年，在他面前就升格為「老師」了，這個過於鄭重其事的稱呼透著明顯的距離感。介紹女孩時

他倒是輕描淡寫：「這是和我一個實驗室的博士生吳菁菁，上海來的。」

　　事先郭東已經為我聯繫了便宜的住處，離他的宿舍不遠，房裏的日常用品也是郭東不知從哪東挪西湊來的，雖然舊些，但初來乍到就有他為我張羅這一切，免去了我多少麻煩呀，看來這方面豔君沒少關照他，我的運氣真不錯。安頓好東西，吳菁菁說：「余老師累了吧，要不你先睡會，我回去燒點飯菜送過來。」我說不好意思麻煩你，今天就隨便對付一下，以後有機會再吃你燒的飯吧。郭東卻不容質疑地說：「菁菁很會燒飯的，你就別客套了。」然後回頭對吳菁菁說：「我們先走吧，讓她歇會兒！」目送他們的背影，我想，這個郭東看來是沒少蹭人家的飯吃。

　　他們回轉來的時候，郭東變魔術似的從包裝袋裏將飯菜一樣樣地往外掏，吳菁菁的烹調手藝果然不錯，很普通的蔬菜被她燒得有形有款的，顏色搭配得也勾人食欲。我由衷地贊道：「真看不出，你這麼年輕的女孩兒還有這本事！」吳菁菁靦腆地一笑說：「余老師過獎了。」這時郭東搶過話頭衝我說：「別被她的外表欺騙，你猜她有多大？」我說：「乍一看也就剛出大學校門，可你又說人家在讀博士，那總得二十四、五歲吧？」吳菁菁說：「差不多吧，二十六了。」我不服氣地大叫：「郭東，讓人家二十六歲的大博士稱我老師，你就成心羞辱我吧，還是叫我小魚好了！」吳菁菁卻一再謙讓：「也許我

51

們年齡差不多，可你出國是工作，我卻在讀書，叫老師也是應該的。」

其實稱呼並不能說明什麼，尤其是在國外，即使是隔輩子的人直呼其名也不為過。我把吳菁菁的謙虛理解成客氣，而人與人之間過分的客氣就會為雙方設置一道無形的屏障，使關係難於進一步發展。我心裏歎道：「吳菁菁呀吳菁菁，雖然我對你印象不錯，雖然我一下飛機就吃了你燒的飯菜，可我們也許沒有成為知己的緣分了！」

吃過飯，我們又國內單位國外實驗室地神聊了一通，郭東告辭時，我把行李箱打開，這回輪到我一樣樣往出變魔術了：磚頭般厚重的德漢詞典、上等好茶、一副羽毛球拍、五香臘腸、電飯煲和裏面的零食……我邊掏邊抱怨：「看吧，行李箱幾乎都被你佔了，我自己的電飯煲都沒地兒裝，豔君可是發話了，讓我燒不成飯到你那裏蹭吃去！」郭東笑嘻嘻地說：「可別，我寧願把電飯煲給你留下，你只把裝在裏面吃的東西給我就成。」我嘴裏仍不依：「瞧你那點出息，挺大個男人不沾煙酒也就算了，怎麼偏愛起女孩家的零嘴來了？豔君也真夠慣你的，這種東西你要她還真就給你買！」郭東一副充耳不聞的樣子，把電飯煲裏的東西倒出來裝在袋子裏，起身要走。我攔住他：「怎麼，當真要把電飯煲留給我？豔君特意買給你的，你還是拿走吧，我逗你的，不去你那裏蹭飯了還不成？」郭東卻執意給我留下，他說他根本就用不上，我也就只好恭敬

不如從命了。

　　某日，早晨一進實驗室，就聽大家議論吳菁菁的丈夫近期就要來探親了，聽說她丈夫是她在上海讀書時的師兄，平時對她很嬌寵的，結婚不久吳菁菁就來到德國，新婚的甜蜜勁還沒過去就得忍受分離，也真難為這對小夫妻了。

　　在安排接待菁菁丈夫的事上，郭東張羅得最歡，好像來的不只是同學的老公，倒是他的什麼近親一樣。別看郭東其貌不揚，可他無論在什麼時候都有為朋友兩肋插刀的熱情，這種個性使生活在他周遭的人一遇到點什麼難處總是在第一時間裏想起他。看他一天到晚忙著做實驗、整理資料、寫專業論文向老闆交差，還要忙裏抽閒關照方方面面的朋友，真不知他哪來的時間和豔君在網上談情說愛，常常把個地球那端的豔君搞得一提起郭東就一副柔情萬種的模樣，可見郭東的煽情功夫絕對是圍棋九段水平。

二

　　那日給豔君打電話詢問一下國內研究所裏的近況，豔君東岔西岔地總能把話題轉到郭東身上，我戲言：「你還是省省心吧，人家在這裏過得充實著呢。」說者無心，聽者卻留意了，她馬上敏感地追問：「他怎麼充實了？你得說清楚！」我自知

53

失言，忙解釋：「我是說他很忙，但還挺會照顧自己的，你不用總是擔心他。」豔君不屑地說：「就他那自理能力還敢說會照顧自己？你還沒去過他的住處吧，肯定亂得無處下腳了！」「這……」我一時語塞，這才意識到，雖然到德國快三個月了，我還真沒去過郭東住的地方看過，不是我不關心好朋友的老公，而是郭東雖然處處替我想得周到，大到找房買保險，小到日常用的鍋碗瓢盆，就是從未邀請過我到他那裏，倒是他經常帶著三三兩兩的朋友和一堆好吃喝到我這裏來鬧騰，豔君一句話倒提醒了我，來而不往非禮也，鬥大的雨點輪也該輪到他作東了。

就在我謀劃著如何到郭東的住處打牙祭的時候，郭東竟在傍晚時突然造訪，一進房間我就感覺他有些不對勁，平時天南海北地他總是有說不完的話題，可今天的他卻少言寡語神不守舍的，躲在鏡片後的一雙不大的眼睛也是游移不定。見到他這副模樣，我問道：「怎麼了？是和豔君吵架了吧？」因為除了這個原因我實在想不出什麼事情能使活力四射的郭東變成一個心事重重的小老頭。郭東沒有立刻回答我，緊鎖雙眉似乎在掂量著該如何開口。終於，他面色凝重地對我說：「小魚，我遇到難處了，我想只有你能幫我…」這還用說嗎？他一進來，我就從他的神態上知道他是遇到難處了，可是我一個人地都尚陌生的女生能幫這位大能人什麼忙呢？自從我來德國後，都是他一直在幫我。當然，如果我能幫到他什麼的話，也應該責無旁

貸的。我不由得向他投去疑問探詢的目光，可他的眼睛卻始終回避著我，直到在我的注視之下，他忍不住吸吸鼻翼，兩行淚水竟然滾滾落下，接下來竟是一陣壓抑的嗚咽…我哪見過這種陣勢，一時慌了手腳，只知道忙不迭地連聲重複：「究竟發生了什麼事？你說話呀……」他抹了一把眼淚對我說：「小魚，你不知道在出國這段日子裏我有多荒唐，我沒有男人的定力，我恐怕不能再面對豔君了，雖然我仍然愛著她，我不是有意要背叛她的……」頃刻間，我似乎什麼都明白了，明白過來的我竟沒一絲一毫的吃驚，只是平淡地說：「我知道了，是那個吳菁菁。」

在郭東向我和盤托出吳菁菁的時候，我之所以毫不吃驚，也許是吳菁菁在我視線裏一出現，我就有所預感，在郭東的生活裏，她是應該有所作為的。然而，郭東後來情緒宣洩出的枝枝蔓蔓卻是令我大吃一驚的。如果說我眼前只是個沒有定力的男人，我也許會理解他的一時衝動，畢竟大家都年輕，所謂年輕就是荒唐的本錢。人在他鄉，漂泊的心需要慰藉，愛情往往要讓位於這種心理生理的雙重需要。我沒料到的是，僅僅半年，他們已經從各自的小家中一步步游離出這麼遠，郭東的痛苦在於，他想回歸愛情，卻已經找不到漫漫來時路……

看來郭東是不想對我隱瞞什麼了，也許他壓抑了太久，需要對一個既瞭解他又能理解他的人一吐為快吧。實際上他剛到德國不久就和吳菁菁好上了，而真正住在一起還是緣於我的

到來，因為我急需一個便宜實惠的住處，郭東就把他的宿舍讓給了我，自己索性搬到吳菁菁那裏去。我非常明白，他這樣講不過是有意無意地為自己開脫，其實他們的關係早就水道渠成了，無論我是否到德國來，也無論我來了之後是否急需住處，都改變不了他們要住到一起去的願望和事實。這就是為什麼我剛來房間裏的生活用具就一應俱全的原因，我還一直感激郭東的粗中有細，處處為我想得周到呢，卻原來這裏曾是他自己的落腳之處！

我這才恍然大悟，原來豔君應郭東的要求，冒著酷暑一趟趟為他採購那些瑣瑣碎碎的好吃的好玩的最終都被誰享用了，這段時間郭東之所以絕口不提請我去作客的事，原來他已經玩起了金屋藏嬌的把戲。說把戲一點也不過分，因為一方是使君有婦，另一方是羅芙有夫，這件事的開端無論是誰主動投懷送抱的，大家都還遵守著一個心照不宣的遊戲規則：就是這段曖昧不明的感情經歷無論如何不能替代雙方婚姻的實質。過去，他們的配偶遠在天邊，這個規則還一直遵守著，可是隨著吳菁菁新婚丈夫的到來，這個自欺欺人的平衡將要不攻自破。吳菁菁畢竟還有個合法的丈夫撐在身邊，郭東冷丁落了單，他似乎被這種這種突如其來的失落感一下子擊倒了。人家文文弱弱的吳菁菁怎麼就能不動聲色地完成情人和妻子的角色轉換呢？看來關鍵時刻，女人在這方面似乎比男人更具備心理承受力。

三

「小魚，你說我該怎麼辦啊？」

郭東看我的眼神好像我是他的一棵救命稻草，那大孩子似的無助雖然可憐可氣，卻讓人對他恨不起來。我的建議直截了當：「你對豔君隱瞞這件事卻來找我討主意，就說明你心裏還在意她的感受，既然你還愛著豔君，就當這件事不曾發生過吧，權當趕路的人被岔道的風光短暫吸引了過去，醒悟後又回到大路上了。」聽了這話，他似乎看到了一絲希望，連聲問道：「你說豔君真能像你這麼想嗎？她會原諒我嗎？」我哭笑不得：「這錯誤是你自己犯下的，不關豔君什麼事，你若還是個對感情負責的男人，就一個人承擔這份負罪感，最好別讓她對你的感情受到干擾，對看重感情的女人來說，有些殘酷的事瞞著她實際上是愛護她，畢竟她是無辜的……」說到這裏，我的聲音有些哽咽了，作為豔君的閨中密友，我真為這個優秀女人對丈夫在感情上無怨無悔的付出感到悲哀。我告訴茫然無措的郭東，只要他的心能真正回到豔君身上，我會永遠為他們保守這個秘密。

郭東的情緒穩定多了。我卻仍然替豔君不平衡著：「也真難為你了，身邊臥著別的女人，竟然還有和妻子網上傳情的

雅興，看把豔君幸福成什麼樣子了！」我這話似乎又刺到了郭東的痛處，他苦者臉埋頭悶了好一會，才啞啞地告訴我：「說心裏話，自從和菁菁住到一起，我幾乎就不在網上和豔君互訴思念了，因為我既不願意欺騙她的感情，也不敢告訴她真相，又怕被她感覺到不對勁，你知道她雖然不是很敏感卻是很聰明的，我又不擅掩飾自己，要想不被她瞧出破綻有多難。」這倒是真話，婚外戀情如一束美豔的罌粟花，雖讓人迷失卻不是什麼人都能玩得轉的，尤其是郭東這樣既無定力也無道行的男人。不過我還是不明白，我剛剛還和豔君通過電話，豔君說她正在網上讀郭東的情書，聲音裏都是掩飾不住幸福女人甜蜜的炫耀。郭東解釋說，後來那些火辣辣的情話都是吳菁菁在冒用郭東的名義寫給豔君的，就是因為怕豔君猜疑。

　　這回我是真的被激怒了，他們怎麼可以如此玩弄別人的感情！我真恨不得一個巴掌狠狠煽到面前這張看似無助實則猥瑣的臉上，替好朋友好好教訓一下這個根本不配作丈夫的男人。最終，我卻沒能揚起我高貴的手掌，雖然我是多麼想出這口惡氣，因為挨我的打，他還不配！我強壓下心頭的怒火，冷冷地對他說：「既然你認為是由於我才促使你和吳菁菁生活在一起的，那麼從現在起，我歸還你的小巢，同時請你記住，我把他還給你不是讓你繼續背叛我朋友的，如果你還有點對妻子的眷顧，希望你能儘快和豔君團聚，哪怕是一個月、一個星期，你都會重新找回你們多年培植起來的夫妻情意。」此時的

郭東只有連連點頭的份：「你說得對，我聽你的！」說話間，我已收拾好自己的隨身用品，郭東見狀勸阻道：「這麼晚了你能到哪去？你執意要走也不在乎這一天，總得事先聯繫一下住處……」沒等他說完，我已經大步跨出了門外，隨手將門帶上，隔斷了他的挽留。吳菁菁那裏他已經回不去了，如果我不走他又能到哪裡去？

好在，這段時間我已經和幾位同是中國來的姐妹交上了朋友，我翻出了電話記錄本，徑直來到門前的公用電話亭，看來今晚我得造訪她們其中的一個了。

四

一連幾天我都在忙著從各個渠道尋找適合我的住房，最後還是通過實驗室裏的德國同事介紹，我來到了布朗夫人家。

布朗夫人大約六十開外，一個人住在一幢帶花園草坪的小洋房裏，這裏的環境十分優雅靜謐，平時除了小鳥的唧啾鳴叫，連過往的汽車的聲音都很少聽到，像布朗夫人這類生活悠然安逸的德國老人很願意置身在這樣一個世外桃源的地方，可對於我這樣喜歡熱鬧的女孩子來說，住在這裏未免有與世隔絕的感覺。

我的一方小天地就座落在布朗夫人這幢考究小洋樓的最

頂層，以前可能是他們的客房，面積雖然不大，但臥室、洗手間、小廚房卻都是獨立的，價錢也很合理。只是每回出來進去都要經過布朗夫人的一層的起居室和二層的臥室和書房，好在布朗夫人是一位很開朗隨和的老人，自從我搬進來她從來沒在生活習慣上挑剔過我，每次在房裏遇見，她都像個慈祥的老媽媽似的噓寒問暖，叫我需要添加什麼日常用具儘管和她講，有時燒了好吃的也想著給我留一份。而我自己也儘量尊重她的生活習慣，她喜歡安靜，我就幾乎不帶任何朋友到我的住處來。閒暇她喜歡侍弄園裏的花草，我就做她的幫手，澆花鋤草清掃院子常常忙得我汗流浹背。每到這時，布朗太太就半開玩笑半認真地說：「你再忙下去我可要付你工錢了，不過我還從來沒雇用過博士級別的園丁呢。」我也半開玩笑地回答：「您不必付我工錢，索性我拜您為師學習園藝和德文吧，我也從來沒請過像您這麼有修養的語言老師呢。」一句話說得布朗夫人心花怒放，她開懷地笑道：「好呀好呀，我很願意教你，我的小仙女，如果可能，我倒希望你一直住在這裏，有你在，我都感到自己變年輕了！」

住在這裏雖然很寂寞，但能靜下心來多看看專業書，有時也下去和布朗夫人坐在客廳裏聊一聊，這樣做最大的益處就是我的德文有了飛快的長進，這還得歸功於閒聊中布朗夫人對我瞥腳的發音和不當用詞上不厭其煩地糾正。通過和布朗夫人的進一步交往，我瞭解到她的先生是某大公司的股東，幾年前病

故了。他們有一個電腦專家的兒子，繼承了布朗先生的股份，現在已經子承父業，成了公司裏舉足輕重的人物。布朗夫人的兒子我還和他打過幾次照面，他每次來待的時間都不長，都是在節假日的時候，他專程來接他母親出去共進晚餐。一提起兒子，布朗夫人總是有說不完的話題，滿臉洋溢著母親的自豪。可是一說到她那當會計師的兒媳，老太太就開始長噓短歎：「他們結婚都快十年了，媳婦執意不要孩子，也很少來看我。我丈夫走後，我一個人守著這幢大房子，一天到晚說不上一句話，人一上了年歲，就害怕孤獨，我多次請他們搬回來和我住在一起，可媳婦不願意，現在的女人吶，太強調自我了。」說完慈愛地看著我說：「好在上帝眷顧我，給我送來一個東方小仙女。也許你自己意識不到，你的到來給我帶來了多麼珍貴的東西，如果你經濟上有難處就告訴我，我可以考慮免除你的房租。」我連忙婉言謝絕，並一再強調我已經在學校裏獲得了半個位置，按德國的工資標準，收入雖算不上可觀，但對我這個國內沒有任何家庭負擔的單身女生來說，還是綽綽有餘了。我對布朗夫人所做的，不過是遵循我們老祖先「投桃報李」、「老吾老以及人之老」的中華古訓，可布朗夫人對我的回贈卻已經遠遠超出了我的心理承受能力，我是不會接受的。

　　這樣的日子雖平靜如水，卻也流逝得飛快。

五

豔君打來電話說她的博士論文已經交稿，總算鬆了一口氣。平時導師就對她欣賞有加，所以她對定在一個月之後的論文答辯頗有信心，她打算趁畢業前這段空閒時間來德國探親。我表面不動聲色地對於她的到來表示歡迎，內心卻為她的婚姻前景暗暗擔心。作為一個不忠實的丈夫，郭東在她面前真能做到恩愛如初嗎？好在這段時間，吳菁菁忙著為自己的丈夫聯繫留在德國的途徑，根本無暇顧及郭東的感受，他們小夫妻整日在眾人眼前出雙入對的恩愛勁對郭東是個不小的刺激，這無形中成了連日來郭東加緊為豔君辦理探親手續的一個動力。

很快，豔君就如願以償地成行了。

到機場迎接豔君的同樣是一男一女兩個人，所不同的是，這次我取代了郭東身邊吳菁菁的位置。

在機場，他們一見面就緊緊地抱在了一起，全然不顧我這個還照在旁邊的電燈炮。一路上，他們緊緊地擠在計程車的後座，郭東嘴裏反復對豔君重複著那句話：「你來了就好了！」豔君的臉上又洋溢出自己就是郭東感情的全部依託，那副久別勝新婚的甜蜜任誰也想像不出他們的感情曾經險些觸礁。但願郭東前段時間裏所做的一切不會給他們今後的生活投下什麼陰

影，我曾經答應郭東，我會為他保守這個秘密。

幾天後，郭東他們倆準備在家裏辦個聚會，一來為豔君接風洗塵，二來借機讓豔君認識一下平時交往比較密切的朋友們。那天，吳菁菁夫婦也在被邀請之列。儘管郭東和吳菁菁這兩個當事人和我這個知情者儘量做作出一副什麼都沒發生過的樣子，可是聚會上還是露出了幾處破綻。

首先是豔君在廚房裏不知什麼東西找不到了，就大聲問郭東，可郭東卻脫口喊道：「菁菁，你把它放哪了？」他這一叫，大家的眼光同時射向吳菁菁，眾目睽睽之下，吳菁菁的表情很尷尬，回答也不是不答也不是，她猶豫了一下，還是起身走向廚房，準確無誤地找到了他們要的東西。也不知是豔君意識到了什麼成心糾纏還是郭東的頭腦少根筋，接下來，類似的問題竟接踵而至，郭東就不斷地詢問吳菁菁，吳菁菁也只好極不情願地一次次起身為他們翻找用具，直到後來豔君索性到客廳裏與訪客們談笑風生地打成一片，吳菁菁和郭東在廚房裏配合默契地忙活起來，一眼望去，真像是吳菁菁是這裏真正的女主人，豔君反倒成了短期留住的遠房表姐。

終於等到飯菜上桌，大家這時才發現少了吳菁菁的丈夫，誰也沒留意到這個外表文靜話語不多的小夥子是何時離開的。這樣一來，吳菁菁的飯也就吃得心不在焉，她只象徵性地喝點啤酒就藉口告辭了。其他人倒是興盡方散。

六

本來已經約好第二天週末我們三個一起去郊外的風景區遊玩，他們拉上我也是為了拍照方便。

一大早，我就來到我們相約見面的地鐵站，不一會兒，卻見豔君一個人背著老式相機急急地趕來。她說：「這地方郭東以前沒少來，我們今天就不帶他了，索性讓我們兩個好好轉轉。」我見她的眼圈黑黑的，一副強打精神的樣子，就忍不住地問道：「昨晚沒睡好嗎？」她說：「是胃裏不舒服，可能是水土不服吧？出來散散心已經好多了。」

地鐵很快就把我們帶到了風景區，豔君把手裏的相機遞給我，她自己則忙著左顧右盼地選擇拍照的背景。一路上我邊幫她拍照邊興致勃勃地向她講解，還沒到中午，豔君就顯出了疲憊不堪的神態，我們只好就近在路邊的一家咖啡館裏休息。豔君對我說：「你想吃什麼儘管點，我實在沒胃口，就幫我要杯咖啡吧。」說完眼睛只是盯著她手裏的相機出神。我隨口問道：「都什麼年代了你還用這個！這還是當年你和郭東的定情物吧？你看一下裏面的膠片還夠用嗎？」沒想到，我的話剛一出口，她竟然下意識地「啪」地一聲摳開了相機的暗盒，我一聲驚叫，急忙伸出雙手徒勞地遮住膠片，顯然已經來不及了。

豔君自己也立刻醒過神來，頹然地摳出全部曝光的底片，用手死命地撕扯著。我忍不住埋怨道：「行了，和這些廢片子較什麼勁啊？難道你不會查看數字顯示屏，還當真打開相機後蓋呀？沒想到你一個物理學博士也鬧出這麼離譜的笑話……」沒等我把話說完，豔君已經失聲嗚咽起來，她的雙肩劇烈地抖動著，看得出來，她已經是在極力地在控制了，但是悲傷的情緒一旦決堤，豈是人的毅力所能控制得了的？此時，昨天聚會上的一幕幕，就像電影的慢鏡頭一樣不斷地在我眼前重播，心裏不禁歎道：聰明的豔君，敏感的豔君，在自己愛人身上曾經發生的一切怎能瞞得過你？這回別人想避免你受傷都做不到了。

我緊緊握住她的手，輕聲問道：「你都知道了？」她哭著搖了搖頭，又流了一陣眼淚，情緒總算穩定一些。她用紙巾邊擦拭自己邊悶聲悶氣地說：「早知這樣，我就不該來！眾目睽睽之下，他們的戲已經唱得那麼明白，你就不要再瞞我了，告訴我他們究竟發展到什麼程度了？」我反問她：「郭東怎麼向你交代的？」她說：「昨天半夜裏有人打他的手機，他立刻跳起來跑到衛生間裏，壓著嗓門一說就是一個多小時，我猜電話是那個吳菁菁打來的。他還以為我睡了，可他一回到房間，看見我大睜著眼睛，靜靜地看著他，慌得他手機脫手掉在了地上。我一句話都沒問他，指望他能給我一個合理的解釋，哪怕明知是騙我，此時我都願意相信。可他回避著我的目光，竟然一句話都不說，還用被子蒙住頭呼呼大睡，我卻思前想後睡不著，瞪著眼睛一直熬到天亮。」

　　既然這一切已經再瞞不過豔君，我也就沒必要繼續為郭東保守這個秘密。如果秘密早已不成其秘密，還有什麼保守的必要？於是我索性就向豔君講述了我瞭解的一切，包括那天晚上郭東向我流露的彷徨和自責。豔君恨鐵不成鋼地說：「幫他聯繫出國本打算讓他在學業上有所長進，我瞭解過了，這段時間他竟然沒寫出一篇有分量實驗論文。實際上他的家裏情況也不妙，他父母重病纏身，兩個哥哥失業了沒有能力照料，我只好把二老接到北京和我住在一起，為了給他父母治病，幾乎花光了我所有的積蓄。錢對我來說倒沒什麼，畢竟我們還年輕，有事業有未來，可老人們辛苦了一輩子總不能讓他們有所缺憾。怕讓郭東擔心影響他的學業，這些我都沒告訴他。可他作為男人，在事業上不思進取卻對這類事無師自通，太讓我失望了！」說著，眼淚又流了下來。 我勸她：「如果你能在心裏原諒郭東，索性就不要開口問他，既然他沒告訴你，就說明他還是很在意你的，那麼又何必讓他難堪呢？再說不管她吳菁菁以前和郭東發生了什麼，目前她可是有丈夫在身邊的人，顯然郭東和她已經沒有了發展的餘地，你們可千萬別後院起火。」聽了我的話，豔君點點頭說：「事已至此，也只好先這樣了。我打算提前回國，我們都是不會撒謊的人，卻整日戴著面具生活一起，時間長了，會把人憋瘋的。再說，這樣的丈夫顯然是靠不住了，臨畢業的關鍵時刻，我也得為自己將來事業的發展努力一番。」豔君不愧是豔君，感情生活中發生了這麼大的波折，她

竟然還能如此冷靜地審時度勢，真令我佩服。「該發生的誰也擋不住，順其自然吧。」她像是自言自語，又像是對我說。

七

雖然豔君的情緒穩定多了，卻多了一份若有所思的惆悵恍惚，我本來到這裏就是耗時陪君子的，既然她已經沒有了遊玩的興致，我們只好早早地打道回府。

把豔君送上地鐵，我獨自回到了我的住處——布朗夫人家。

穿過花園時，我遠遠看見一個瘦削身材的高個子德國男人開著鋤草機在忙碌著，由於陽光很足，他戴了一頂帽簷長長的牛仔帽，身上隨意地套了一件短袖T恤，旁邊還跟著一個身穿花裙子的亞洲小女孩。小女孩怯生生的，看上去不過三、四歲，一副弱不禁風惹人憐愛的樣子。我想可能是布朗夫人雇來的短工在整理草坪，就簡略地問了聲好徑直走過去。當我剛剛經過他們身邊時，鋤草機的嘈雜聲猛然止住了，隨之傳來一個帶磁性的男中音：「你好哇，我母親的東方仙子！」我回頭仔細一端詳，不禁笑出了聲：「是您呀，小布朗先生，別說，您這副打扮還真像個稱職的園丁！」這時我的目光不由得被他身邊的小女孩吸引過去，心想，怎麼沒聽布朗夫人提起過，她的兒媳是亞洲人呢？我脫口讚道：「您女兒真可愛！」小布朗聽了先是吃驚得睜大了眼

睛，隨後哈哈大笑起來，笑了好一陣，才饒有興趣地盯著我道：
「你可真是個特別的女孩子，怪不得我母親一說起你就讚不絕
口，有時我甚至懷疑究竟我是她生的還是你是她生的。」我自知
失言，愣在那裏咧了咧嘴不知如何應答。最後還是他收起調侃的
笑，用認真的口吻解釋到：「你是指英子吧？說起來她應該算是
我的小妹妹，是我母親剛從孤兒院裏認領的養女，她父母在北韓
鬧饑荒時被餓死了，她和一些倖存的孩子輾轉來到了這裏。我母
親很久就想領養一個女兒的，由於程序繁瑣這個願望至今才實
現。至於她突然改主意一定要領養個東方女孩，我猜想可能是受
了你的影響。」連日來我只顧沉浸在和好朋友重逢的各種情緒
裏，沒留意我可敬的房東家庭結構已經發生了質的變化。

　　為了慶賀英子的到來，布朗夫人一家在花園裏設了家宴，
我也應邀參加了。英子文靜、乖巧，布朗夫人一直把她摟在懷
裏「甜心寶貝」地喚著，大家的興致都很高，只有我第一次見
面的小布朗的妻子蘇珊不以為然，她看看我又瞥瞥英子，冷冷
地說：「家裏住進一個東方仙女還不夠，這回又養個亞洲小甜
心，真不知以後這個家裏還會發生什麼更離奇的故事！」我被
她的態度激怒了，正色回敬道：「我是布朗夫人的房客尚且懂
得尊重她，作為家人你難道沒想過她的感情需要嗎？」布朗夫
人接口道：「你們結婚這麼久不要孩子，我雖看不慣可從來沒
干涉過，我希望你們也尊重我的生活方式。總有一天你們也會
像我這麼老，到時候你們就會明白，財富再多，也換不來骨肉
親情和一顆真心，可惜到那時你們即使明白也晚了！」蘇珊卻

滿不在乎地燃起一隻香煙，作出一副充耳不聞的樣子，布朗夫人歎口氣，無可奈何地搖了搖頭。

我偷偷觀察小布朗的表情，只見他看看妻子又瞧瞧母親，一抬頭正好和我的眼光相遇，於是就用兩手食指點點自己的太陽穴，向我悄悄地作了個頭痛的滑稽動作，我想笑，但還是忍住了。

八

英子的到來給布朗夫人帶來了充實的日子和歡樂的笑聲，就連她的兒子小布朗回家的次數也明顯地增多了。從他對英子所流露出來的那份關愛看出，他是發自內心地喜歡孩子的。春夏之交的季節裏，花園裏那棵櫻桃樹結出了紅盈盈的小果子，英子看到後就纏著小布朗摘給她，小布朗總是雙手舉起英子，讓她自己摘。可每次英子的小手剛一搆到櫻桃果，小布朗就猛然又把英子收回懷裏，幾次三番，急得英子連喊帶叫的，小布朗卻開心地大笑著。在陽光明媚的日子裏看到這樣一幅快樂的畫面，使遠離父母置身在他鄉的我心頭環繞著一種溫暖的感覺，如果他們有一個孩子，小布朗肯定能成為一名好父親。想到這，不禁替蘇珊執意不要小孩的決定暗暗婉惜。

豔君本打算提前結束這個傷心的假期，這個計畫還未來得及實施，卻被人搶先了一步：吳菁菁的丈夫突然不辭而別了，

只給吳菁菁留下一封冷漠的分手信。信裏說，他這次到德國來，所看到的一切證實了他內心不安的感覺，他不會責怪吳菁菁的，他理解吳菁菁卻不會再接納她，就先回國做好離婚的準備，希望能得到她明確的答復。吳菁菁捏著這封絕情的書信哭著找到郭東：「是你攪散了我的家庭，我不能同時被兩個男人拋棄，你得對我負責！」這樣一來，郭東更是亂了方寸，心裏也產生了同時對兩個女人的自責。本來這件事豔君不追問，郭東就想將計就計地一直裝糊塗，如今一向表面柔順的吳菁菁不顧他們當初心照不宣的約定，竟然在豔君還在德國的時候就撕破臉面地闖上門來，這還是那個和郭東一起編電子信哄騙豔君的吳菁菁嗎？那時的她善解人意得讓人欲罷不能、百般憐愛，可見丈夫的決絕也迫使她破釜沉舟了。

這個週末，豔君取消和我一起出遊的計畫，在家靜觀事態的發展。她對我說：「先讓郭東自己解決去，實在收不了場了他自然會向我坦白一切，到那時我再表明既往不咎態度原諒他也不遲。」直到這時豔君仍然自信地認為，她自己在郭東心裏的地位無人能夠替代，郭東和吳菁菁的感情糾葛不過是由於自己不在郭東身邊造成的，她對郭東在女人面前沒有定力僅僅是恨鐵不成鋼的感覺。她相信他們夫妻之間的婚姻走向主動權在她手裏，婚姻能否維持取決於她是否原諒丈夫。

整整一天，郭東的手機響個不停，每次郭東鬼鬼祟祟地接完電話都編出各種各樣詞不達意的藉口向豔君搪塞。豔君也並

不揭穿他，任他充分發揮拙劣的演技。看到郭東焦頭爛額疲於應付的狼狽，豔君心裏甚至可憐起丈夫來。

傍晚，豔君在大學裏找到加班整理實驗資料的我，一見面就忍不住苦笑著說：「你看他那點道行，還趕時髦學人家搞什麼婚外戀，不嫌嫩點？」說著亮出手機：「我藉口出來怕迷路，把他的電話沒收了，看他們還怎麼搞地下聯絡！」正說著，電話果然響了起來，對方一聽是豔君的聲音馬上就掛斷了。豔君嘲諷地說：「看看吧，這等小兒科的把戲！」

話沒說完，電話又響了，豔君接通，果然是吳菁菁，這次吳菁菁卻沒有任何回避，在電話裏直接了當地說：「我是誰想必你心裏很清楚，不管郭東告沒告訴你，我都希望你早些知道……」豔君居高臨下地打斷她：「關於你們曾經做過的一切我都沒有興趣知道，只希望你有點自知之明，不要再把腳伸到別人的感情生活裏！」聽了這話，吳菁菁竟然冷笑了一聲：「郭東也許還沒有告訴你他的決定吧，他說最遲今年聖誕節和我結婚，當然前提得是你答應和他離婚，我想你不會不答應的，你條件那麼優越，什麼樣的愛人找不著，怎麼會死纏著一個已經背叛了你的人呢？所以說，現在把腳插在別人感情生活裏的恰恰是你自己！」吳菁菁不緊不慢的幾句話直氣得豔君風度盡失，只見她忽地把手機從耳邊挪開，整張臉直對著話筒吼道：「別做夢了，依我的條件該找什麼樣的愛人關你屁事？有膽量你過來，對妄想破壞我家庭的人，當心我大嘴巴伺候！」

　　摔了電話的豔君還不解氣，嘴裏不停地大罵吳菁菁是一隻蕘騷的狐狸，郭東當初肯定是被她勾引的，不要臉！正罵著，郭東卻沉著臉來了，一見這陣勢，立刻意識到發生了什麼，索性一屁股坐下來，一副任殺任剮的架式。氣頭上的豔君戰抖著手指著郭東的鼻尖喝問：「你說你要拿她怎麼辦？你說！」見郭東梗著頭不吭氣，豔君火氣更大了：「事到臨頭你裝什麼孫子呀？你倒是放個屁呀，臭不要臉的！」郭東像下了很大決心似的突然抬起頭來說：「既然菁菁都告訴你了我也就不多說了，她說的都是真的！」只聽「啪」的一聲震耳的脆響，豔君的手掌集中了她滿心的憤怒和全身的力氣，狠狠地搧在了郭東的臉上，然後，頭也沒回地昂然而去。

　　也不知過了多久，郭東緩緩抬起頭來，臉上五個深深的指印清晰可見。他喃喃地說：「打得好，是我對不起她！」我難以置信地問：「幾載同窗、多年的情意……難道你真想為了他人斷送掉？」他輕輕地點了點頭。我仍不甘心：「別犯糊塗了，豔君會原諒你的！」「可我自己不能原諒我自己，菁菁是因為我被丈夫拋棄的，我不能再離開她了，我得對她負責。如果我還和豔君在一起，今後我就總是有個短處捏在豔君手裏，我不願低聲下氣地過完這一輩子！」

　　我無言以對，對自己的錯誤負責就可以無視對無辜妻子和婚姻的責任，為了維護自己那點可憐的自尊不惜親手毀掉多年培植的感情，這是什麼渾蛋邏輯呀！接著，他又說：「在她們

兩人之間，無論我作出什麼選擇，對另一個都會很殘酷，可憐呀！」我忍不住冷笑道：「你以為你是誰？女人們的情聖？感情上的救世主？別忘了她們可都是受過高等教育的人，不是你所認為的棄婦，你還是先可憐可憐你自己吧！」說完，扔下一臉迷茫的他揚長而去，一時間竟替豔君的解脫鬆了一口氣。

九

連日來的加班趕寫論文，常常時過午夜了才回去。這晚，和往常一樣，我穿過庭院，將鑰匙輕輕地插進鎖孔，生怕由於我的夜歸驚動熟睡中的那一老一少。

我躡手躡腳地上樓梯，經過二層布朗夫人的臥室時，忽聽從裏面傳出一陣微弱的呼叫，我仔細一聽，竟是布朗夫人在含混不清地喚我的名字。來不及多想，我一頭闖進去，只見布朗夫人穿著睡衣雙手抱腹地栽倒在床下，見我進來，她示意我扶她起來，一隻手無力地指向衛生間。我忙攙扶著她過去，看到布朗夫人過於虛弱，我只好一直陪在她身旁，以為不過是急性腹瀉，排出去就會好了。可是從布朗夫人體內排出的卻是一灘深色的血塊。我立刻衝進客廳，抓起電話就撥叫急救中心，然後找到小布朗的號碼，一個電話又把睡意朦朧的他從床上掀起來。

十幾分鐘後，急救車開到了，急救人員把布朗夫人用擔架

抬到車上，動作麻利地給她帶上氧氣罩，我隨他們一起來到了醫院。經診斷，布朗夫人得的是急性胃出血，得馬上動手術，醫生又問保險性質又要填表簽字，此時的布朗夫人已經痛得氣息奄奄，真後悔出來時過於忙亂，沒將小布朗的電話帶在身上，關鍵時刻怎麼聯繫他呢？我只好請求醫生先做好手術的準備，並保證她的兒子馬上就會到。布朗夫人被推進了手術室，就在我一籌莫展的時候，小布朗氣喘吁吁地衝了進來，一切問題迎刃而解。我突然想起仍睡在家裏的英子，來不及寒暄客套，我又急忙忙地乘計程車趕回去，顯然這些天得我來照顧她了。

布朗夫人的手術很順利，醫生說，由於我的果斷，出血點被及時控制住了，如果再耽擱下去，出血面積擴大，後果將不堪設想。布朗夫人的上等保險和醫院的先進條件，使她恢復得很快，雖然不需要家人陪護，但我還是每天提前下班，然後去幼稚園接上英子去看她。看到我們來，布朗夫人不由得滿臉漾起慈祥的笑容，尤其是整潔俏麗的英子，簡直就是老太太的開心果，她常端詳著英子滿意地讚美我：「你那麼年輕，沒做過母親卻把我的小甜心照顧得那麼好，可真是個充滿愛心的好姑娘。」在醫院裏，我常常會遇見小布朗，他的妻子蘇珊倒是一次也沒來過。

似乎已經習慣帶著小女孩的生活，也許是她對我的需要和依賴激發了我女人的天性，每天我把照顧她打扮她當作一種享

受，就像小時候打扮我心愛的布娃娃一樣興致盎然。我做這些的時候甚至有一種錯覺，自己是這個乖乖女的小母親，而她的父親尚在一個遙不可知的地方，只等神秘的命運把他送到我的面前。

直到有一天，我去接英子時，一個新來的老師說：「剛剛被她爸爸接走了。」我疑惑地一轉身，就看見健碩的小布朗在落日的餘暉中牽著英子的小手一步步向我走來……我不說話，微笑著注視著他們一直來到我面前，小布朗也不說話，只溫柔地笑著看我，頃刻間，他的笑容像一隻無形的大手，撥動了我內心深處那根最柔軟的琴弦，在他深沉的目光注視下，竟有一種晃晃忽忽非常美好的感覺，這種感覺讓人有一種流淚的衝動。天吶，我竟然愛上了他！這時，只見他不由分說用一隻手臂環住我的肩頭，說：「媽媽出院了，我們回家！」一時間，我就像被他施了催眠術，恨不能就這樣被他挾持到天邊……

作為救命之恩的答謝，布朗夫人執意免去我的房租，我推託再三，布朗夫人說：「我是把你當作女兒看待的，你見過女兒住媽媽的客房一定要付房租嗎？我只有一個要求，就是希望你下班早些回家，讓這個家充滿笑聲。」

從那以後，我房間的花瓶裏常常擺滿一束束紅紅的玫瑰花，在我向布朗夫人表示謝意時，老太太意味深長地笑著說：「別謝我這個只會插花的老媽媽，要謝應該謝我那個送花的癡兒子！」

　　在我生日那天，西服革履的小布朗來到我的房間，一隻手藏在背後，他笑著讓我閉上眼睛。等我睜開眼睛時，手上已經多了一枚精美的心形鑽戒。我慌忙退下，推辭道：「心意我領了，只是這禮物太重了，我承受不起。」他說：「那好，這個不算生日禮物，算我求婚怎麼樣？」說完，拿眼睛定定地看我。「這個……條件還不成熟，我還沒有思想準備。」說這話時，我的聲音低得像蚊子嗡嗡，明顯的底氣不足。

　　「我明白了，你是說我現在還不夠求婚的條件，那好，禮物我先替你存著，放心吧，我知道該怎麼做！」小布朗收起鑽戒，頭也不回地下樓了。

　　布朗夫人出院不久，小布朗也搬回了家。他告訴我，他和蘇珊已經協議離婚，只是在德國離婚手續繁瑣，等完全辦妥還需要一段時間。雖然他們這個結果曾是我隱隱盼望的，但聽他說出這個決定仍感到突然。見我發愣，他馬上猜到了我要說的話，張開雙臂緊緊地抱著我說：「不必自責，我的小仙女，我的離婚和你的介入關係不大，這本來是遲早的事情，你的出現不過是明確了我的決定並加速了這個過程。我愛你愛得心痛，我得儘早和你生活在一起！」說著將頭深深地埋進我的脖頸裏，深吸了一口氣，喃喃地說：「你知道嗎，和你在一起，我的心情是多麼平和寧靜啊，讓我們把這樣的生活永遠持續下去，嫁給我吧……」此時此刻，一切語言都顯得那麼無力，我索性回身和他緊緊相擁，以吻作答……

十

　　和布朗一家每天生活在同一屋簷下，表面上已經是一個其樂融融的大家庭了。雖然這種家庭結構在是德國越來越少見，卻是布朗夫人這類看重親情的老人一個遙不可及的夢境，我是多麼想為她留住這個夢啊。可是，我的進修即將到期，我得回國完成我的博士論文答辯。對這段夢幻般的愛情能否經得起分離的考驗，我卻信心不足，在無能為力的時候，只好把感情的走向交給時間，讓命運這只大手來操縱和安排。

　　一天晚飯後，小布朗當著他母親的面鄭重其事地問我：「親愛的，如果發自內心地說，將來你是願意留在德國還是回到中國去？」我早就想對這個欣賞並接納我的德國家庭說出我的真實想法，這倒是一個恰當的機會。我略作斟酌，還是如實相告：「我愛你和你的家人，非常願意和你們生活在一起，可是我也同樣愛我的事業和我的父母。從事業發展的立場上看，我寧願立足在中國，因為中國是一個飛速發展中的國家，似乎總是有很多新的事情等著我們去做，在我面前不斷湧現出新事物新觀念，等著我們去發掘、去探索，雖然這個社會還存在許多弊端，但是，這個蓬勃發展的環境更適合年輕人才華和能力的發揮。相比之下，德國的一切也許更規範，正是由於這個國家太規範了，才使我感到無所適從，我不知道我在這裏究竟能

做什麼，能為這個規範化的社會發揮多大的作用。當然，如果你需要，我也可以放棄自己的事業做你身後相夫教子的賢女人，僅僅是因為我愛你，但是在我作出這個決定的時候，也會為自己婉惜，因為我的智力資源沒有回報給社會。其實，這對我來說真是個兩難的問題。」一口氣說完這些，我如釋重負。

小布朗耐心地聽我說完，將他的大手蓋在我的手上說：「假如我告訴你，我們董事會決定將公司的業務拓展到中國，我親自去中國督陣，因為德國很多大的經濟企業機構早已經認識到，下個世紀屬於中國，我們當然不能錯失良機，這樣既圓了你的事業夢又和我在一起了，你會高興地嫁給我嗎？」我幾乎不相信自己的耳朵，愣了一會兒，猛然抱住他興奮地大叫：「真的嗎？真的嗎？你真是太英明了，我恨不得馬上嫁給你，好隨你回到中國去！」這時，一旁的布朗夫人半嗔半怨地發話了：「你們兩個是要把我們一老一小丟下嗎？」我這才回過神來，撒嬌地搖晃著老太太說：「到時候我們就蓋一幢和您這裏一模一樣的小樓，您和英子想來住多久就住多久，那時我就該叫您媽媽了。」「你不會也收我的房租吧？」布朗夫人故作一本正經的神態把我們都逗笑了。

一家人幾乎一晚上都圍坐在桌前，就著燭光暢談著關於我們和中國的一切，最後為英子又達成一個共識，就是將來由小布朗和我作為英子合法撫養者和監護人。布朗夫人說：「畢竟我的年齡不饒人，身體有時也不爭氣，這孩子還小，日後交

給你們我也就放心了。」從那天起，我和小布朗就心安理得地當起了英子的父母，我們的生活中時常盪漾著英子稚嫩的笑聲，可小布朗仍然不滿足，常問我：「以後你會再為我們添兩個英子一樣可愛的孩子嗎？」「那當然，英子也需要弟弟妹妹嘛！」常常是還未等我回答，布朗夫人就會搶著說。

十一

為了和郭東團聚，豔君本打算在國內完成博士論文答辯後到德國來作博士後，趁這次探親之機初步考察一下德國的本學科領域。沒想到在德國不長的時間裏卻經歷了和郭東的情變。最初，豔君不願因此毀掉多年經營的夫妻感情，違心地按捺自己的率真性情指望郭東能迷途知返。然而郭東的種種表現卻大大出乎豔君的預料，當她認定郭東已經無藥可救的時候，便毅然決定提前回國，徹底放棄郭東。豔君的條件只有一個，帶走郭東出國以來所有的積蓄，至於他郭東今後是腰纏萬貫還是一文不名和她豔君了無干係。對金錢一向淡泊的豔君在分手前竟然把錢財當作首要條件提了出來，可見是要破釜沉舟了。對此，郭東竟然絲毫沒有表示異議。也許婚姻難以維持了，便索性以金錢作為補償，畢竟作了四、五年的夫妻，總不能讓無辜的豔君人財兩空吧。

　　再見到郭東時，著實讓我大吃一驚，只見他兩邊的臉頰各有幾道又細又深的傷痕，明眼人一看就知道是女人的指甲所為。我不明就裏地埋怨豔君：「俗話說，打人別打臉，就算他可恨，殺人不過頭點地，你又何必在臉上給他留下這些明晃晃的痕跡？」豔君從鼻孔裏哼出一聲冷笑：「別抬舉我了，現在我是連看他一眼都嫌累，哪裡還有那種雅興！他呀，是不知哪頭炕熱了，那是人家給他留的紀念。」

　　原來如此！

　　豔君的決絕使郭東的心裏很不自在，一想到豔君此去他郭東就永遠失去這個曾經令他引以為榮的老婆了，竟又猶豫不決起來。一時間，面對豔君的結髮情意和對吳菁菁難以言說的婚外激情，他不知何去何從了。他對即將離開他的豔君苦苦相求：「你先別走，給我時間，我找機會和她斷。」當吳菁菁再次逼他離婚時，他不耐煩地吼道：「我本來就沒想過要離婚，都是你攪和的，要離也得你先離呀！」這話大大出乎吳菁菁的預料，氣得她直瞪著眼睛半天說不出話來，忽然，吳菁菁兩手迅速出擊，左右開弓地在郭東面前一閃而過，然後捂著臉哭著跑開了，留下一臉抓痕的郭東愣愣地站在原地，沮喪地不知何去何從。

　　當晚，吳菁菁的電話打到了郭東的手機上：「我就要走了，你不來送送我嗎？」「你現在在哪兒？」郭東問道。

　　「就在我們曾經一起看星星的湖邊。」

聽了這話，郭東驚得語無倫次：「菁菁千萬不要胡來，我離，我馬上就離……」話沒說完，人已經跑了出去，慌亂中，手機落在地上也顧不得了。豔君拾起電話，調出吳菁菁的號碼撥了過去：「他已經去找你了，就算你要做什麼驚世駭俗的舉動也得見上他一面吧？你聽我告訴你他是怎樣向我評價你的吧。」豔君有意拖延著，意在穩住吳菁菁。只聽電話那邊的吳菁菁大笑了起來，笑得豔君心裏直發毛，忙勸道：「你克制點，千萬別想不開……」吳菁菁止住笑，說：「我明天就回上海，走之前想和郭東道個別，因為我覺得這樣不明不白地耗下去對大家都沒好處，不如先離開一段時間，讓自己冷靜一下，也給他一個選擇的餘地，他應該知道究竟自己想要什麼。可你們為什麼偏偏認為我就想不開了呢？」

對手的突然撤離，使豔君的心驟然空落起來。人往往是這樣，別人越認為好的，自己就越不甘心放手，當雙方拼盡心力爭奪時，對方卻突然撒手，自己反而不願意接納了。

本來，吳菁菁的離開是對豔君和郭東重修舊好創造了一個難得的機會，在郭東難以取捨的情況下，當然是哪個離他最近他就傾向哪個，他那模棱兩可搖擺不定的態度令豔君既反感又厭倦，兩天前還恨不得跪著請求豔君不要離開他呢，可吳菁菁一個電話就會使他的態度來個一百八十度的大轉彎，一想到郭東甚至當著豔君的面就急吼吼地表態離婚，豔君的心就徹底冷了。豔君收拾好自己的隨身物品，連夜來到了我的住處。第二

天就不聽勸阻地訂了返程的機票。她說：「經歷了這麼多難以預料的事，現在我所面臨的已經不只是郭東這個男人，而是中國和德國的選擇了，經過深思熟慮，我還是覺得中國更吸引我。」

十二

　　吳菁菁回了上海，隨後豔君也離開德國回到了北京，郭東曾經喧鬧一時的感情生活一下子冷寂下來。

　　不久豔君發來電子郵件告訴我，她已經順利通過博士論文答辯，應聘到深圳一家中外合資企業任業務主管。走馬上任前，她用從郭東那裏拿到的存款為郭東的父母在家鄉買了一套設備完善的住房，算是離婚前為老人們盡最後一次孝心，「雖然和郭東的夫妻緣分已盡，但我對老人們的情意未絕，畢竟，我給他們作了五年的兒媳，我至今沒有告訴老人我們已經分手的真相。」豔君如是說。

　　這期間，情緒消沉的郭東仍舊有事沒事地找我訴苦，在他和豔君的關係還有一線生機的時候，看在多年老同學的份上我還能幫他出些權宜之計，如今他們顯然大勢已去，既然無論我說什麼都顯得多餘，索性緘口不語，他也真就不客氣地把我充當了他宣洩情緒的垃圾桶。

　　上海那邊吳菁菁得知豔君決意離開郭東後，不顧丈夫回心轉意地挽留，執意要離婚，打算回到德國與郭東重建愛巢。

「這回遂了你的心願了！」當郭東告知我吳菁菁的最新動態時我不無覬覦地說。他卻是一副無所謂的態度：「其實她也挺傻的，既然她老公都想通了，她又何必走這一步？我可從來沒催過她離婚，我對這種基礎下的婚姻前景沒多少信心，以後怎麼樣誰知道呢？如果我還有選擇的機會，我寧願一切重新開始，找一個能真正懂得我、理解我的姑娘真正地愛一回。」話題常常進行到此便卡了殼，因為他的自信實在令我無言以對。

連日來，小布朗一直風雨無阻地接送我去大學裏，為避免招搖，我總是讓他把車停在離實驗室還有一段距離的地方。我想，既然我的進修就要結束了，在同事們面前，我和小布朗的關係又何必鬧得人人皆知？所以，對此我一直隻字沒提。

即便如此，每天接送我的豪華賓士還是沒逃出郭東的眼睛。這天下班時，我剛剛換下實驗服準備離開，郭東就攔住我情緒激動地問：

「那個開賓士的傢伙是誰？」

「是我房東布朗夫人的兒子，他惹著你了？」我平靜地回答。

「明擺著他在追求你！」郭東不容質疑地說。

「追求的階段早就過去了，確切地說，他是我的未婚夫！」面對郭東的不可理喻，我只好以實相告，說完轉身要走。這時，郭東卻一把拽住我，大聲說：「你難道不知道我早就對你有好感？過去在學校時總以為班裏你最小，不懂愛情，現在你長大了，通過這段時間的接觸，我越來越明白我究竟要

什麼，小魚兒，我愛你，我已經離不開你了！」說著竟衝動地抱住我。我掙開他的摟抱，邊往門外退邊說：「這根本不可能，這個世界上不是你想要什麼樣的感情就能得到的！」他仍不甘心地大叫：「他有什麼好？他是博士我也是，他離婚我也能離，他不過就比我多個德國國籍，莫非你和他好是為了德國的居留？你不能嫁德國男人，他們對感情能認真嗎？你是我多年的小學妹，我得對你負責！」我不耐煩地回敬道：「可惜在本姑娘的詞典裏沒有中國男人和德國男人的區別，只要我認為他是個好男人，只要我們真心相愛，我才不管他的國籍是什麼。你還是對你自己負責吧，最好反省一下你自己是如何對待感情的！」這時，由於小布朗久等不見我，徑直把車開到了窗下，並短促地鳴笛兩聲提醒我，我對郭東正色道：「我未婚夫接我來了，請讓開！」趁他恍惚發愣的當口，我甩手而去……

十三

組裏收到吳菁菁請求提前畢業的來信，因為她丈夫國內博士畢業後，已經在美國申請到了博士後的位置，準備帶吳菁菁同去。到美國這個完全開放的西方國度去生活、工作，一直是吳菁菁夢寐以求的願望，當初她和郭東本來就是萍聚之歡，如果不是她丈夫意氣用事地拂袖而去，她也不至於心態失衡地打

上門去攪散人家的婚姻。既然丈夫重新接納了她，她當然樂意和夫君雙雙飛到美國去開始新的生活，只是害苦了一個前不著村後不落店的郭東。

表面上，郭東並沒有多大的失落，感情生活的失敗反倒讓他把精力全部投入到實驗室的工作上，不到兩個月，就寫出了好幾篇高水準的學術論文，得到指導教授的高度讚賞。可令人費解的是，這個學業上的佼佼者一改過去熱情快活沒心沒肺的個性，整日沉默寡言地緊蹙雙眉，只有在實驗室裏才隱約看出他過去活絡的身影。也許，感情的挫折能促使一個男人成熟起來。

還有幾天我也要回國了，小布朗將和我同行，他要考察中國的開發市場和投資環境，當然還要拜見未來的岳丈岳母大人。布朗夫人一直興致勃勃地幫我們準備遠行的東西，我們告訴她，不要再把我們的房間租出去，我們隨時會回來的。布朗夫人連連點頭：「當然當然，這裏是你們的家嘛！」雖然布朗夫人的身體已經完全恢復了，可小布朗還是不放心家裏這一老一小，在家附近為他們找來一位可靠的鐘點幫手，萬一有急事我們不在身邊也好有個照應。

這天，我到實驗室去和同事們告別，卻感到氣氛有些異樣，他們告訴我，一連兩天，同事們都發現郭東縮在實驗室不出來，和他說話也不答腔，雖然大家說不出哪裡不妥，但總是感覺怪怪的不大對勁。作為老同學，雖然無法苟同他對待感情的態度，但關鍵時刻，我還是不能無動於衷。所以，我不顧同

事的阻攔，一個人闖進了他的實驗室。當時，他正坐在電腦前啃麵包，看到我來，目光倏地一亮，瞬間又黯淡了，旁若無人地繼續大口啃他的幹麵包。我說了一些告別的話他也沒什麼反應，我不顧他的冷漠，連聲問道：「你究竟怎麼了？為什麼不說話？」

「……」

「好吧，你不開口，我也不走了！」我賭氣拽一把椅子坐到了他的對面，目不轉睛地盯著他。直到他啃完了麵包，嘴巴也顧不上擦，警覺地四下張望了一番，然後湊到我耳邊說：「小魚，你看我的衣服是透明的嗎？」還沒容我作出反應，他又說：「不只是衣服，連我的皮膚都是透明的，我不敢出去，他們會連我的五臟六腑都看得清清楚楚，我不願意人家看到我的思維和我吃到胃裏的食物。」說完，也不理我，徑直走到水池邊，擰開水龍頭，把頭探到下面咕嘟咕嘟地一通狂飲。看到他這個樣子，我的心一陣陣緊縮，莫非這個人就這樣毀了？

為了不影響他今後的工作開展，我還不想讓其他人知道郭東的精神狀態，但願他只是一時的情緒失控。從實驗室出來，我立刻給小布朗打電話，簡明扼要地說了一下我這個老同學的情況，小布朗聽了立刻表態：「你別急，先穩住他，我馬上幫他預約精神科醫生！」沒多久，小布朗就開車過來了，我帶他來到郭東的實驗室，向面無表情的郭東作了介紹，小布朗說：「我有一個朋友是皮膚科專家，明天正好他要來我家裏和我話

別，不如你這就和我們回去，一來為小魚送行，二來讓我這位醫生朋友診斷一下你的皮膚究竟出了什麼問題，如果真有病你也好對症下藥。」沒想到郭東竟然痛快地點了點頭，沒費任何周折就隨我們上車回家了。

第二天一早，考慮到郭東已經幾天沒正經吃東西了，我特意為他熬了米粥當早餐。吃過飯不久，小布朗約好的精神醫生就上門了，他向我們使了個眼色，便像朋友一樣落坐拉起了家常。我和小布朗一唱一和地引郭東說話，起初他有問有答的還算得體。當醫生談到中國的飛速發展時說：「越來越多的優秀人才都返回中國了，郭博士對將來有什麼計畫嗎？」郭東回答說：「是呀，我的很多同伴都回國了，將來我也準備回去，只是回去之前我得把我肚子裏的東西取出來。」

「什麼東西？」醫生驚訝地問道。

「一隻微型竊聽器，如果不拿出來我就無法和人正常交往，否則我的學術觀點將會被人竊取。」郭東一本正經地說。

「那麼竊聽器是怎麼到你肚子裏去的呢？」醫生不動聲色地問道。

這時，郭東忽然「霍」地一下站起來，用手指著小布朗情緒激昂地說：「是他，一定是他把我騙到這裏，今天早上又偷偷在小魚熬的粥裏放了竊聽器，被我一不留神就喝了下去，到現在我肚子裏還有回聲呢。」說著神經質地衝到衛生間死命地用手摳著嘴幹嘔起來。醫生對我們說：「對於你們這位朋友，

我可以初步診斷為精神系統功能失常，需要馬上入院作進一步的診斷，並及時治療。」說著他打了一個電話，不一會，來了兩個助手把亢奮的郭東架到了救護車上。

臨行前，我和小布朗來到了郭東入住的精神病醫院裏探望他，他的情緒已經相對穩定，醫生說，他不再認為他的肚子裏有微型竊聽器了，也沒再提皮膚得了透明怪病的問題，這是個好的預兆。如果他積極配和治療，將來完全有可能繼續完成他的學業。

「我相信，有那麼一天，郭東會穿過黎明前的黑暗，走出情緒的低谷，成為一名優秀的學者。」出了醫院，我對小布朗又像是對自己說。

「他那麼聰明，我也相信！」說著小布朗環著我的肩頭，我依偎著他向停在遠處的汽車走去。

異鄉無奈客

一

　　日上三竿了，鄭品芝還懶懶地賴在床上不願起來，因為即使起床了也沒什麼特別重要的事情等著她來做。丈夫和女兒和往常一樣，吃過早餐就出門了，餐桌上已經收拾妥當，只有丈夫給品芝留出來的早餐還扣在兩隻大碗裏。

　　鄭品芝的丈夫徐一平年長品芝八歲，自打結婚那天起，就把嬌滴滴的鄭品芝當小妹妹來寵著。如今，身為上海經濟開發區建築設計師的徐一平，無論從他手中誕生了多少高樓廣廈的雛形，回到家裏還照樣是繫著圍裙為妻子女兒燒晚飯的模範先生。這已經是他多年養成的習慣了，看他那哼著小曲的自得其樂勁，似乎是要把這良好的家務傳統一直不厭其煩地延續下去。

　　品芝愛吃海鮮，過去大家生活都拮据，可體貼入微的徐一平還是盡可能地在餐桌上變幻出品芝愛吃的東西：有時是一盤油炸小黃花，有時是清蒸小牡蠣，雖然不似大魚大蝦的昂貴，卻也對品芝的胃口，那些今天看來未免寒酸的過去就成了品芝心裏一道美麗的風景。如今徐一平也算得上是上海灘的新貴了，可他仍然戀家，寵妻子愛女兒樂此不疲。雖然五十多歲

了，可這個年齡的男人有成功的事業和美滿的婚姻作後盾，成熟自信的魅力就會從裏到外地散發出來。滿大街的緋聞豔遇似乎與這個家庭無緣，他們一心一意地經營著屬於自己的感情空間，這點尤其讓女主人鄭品芝的心裏感到踏實和滿足。

隨著徐一平事業的蒸蒸日上，品芝那份在船廠工會委員的職務就顯得可有可無了，加之他們在普東的新居離公司又遠，繁忙的徐一平不便像過去一樣天天接送她上下班，徐一平曾提出讓品芝辭去工作，安心在家當她的全職太太，可品芝自己不願意。工作對她來說，除了精神上的寄託外，還是她幸福生活的證明地，每當她添了什麼新衣、料理了什麼新髮型、用了什麼名牌進口化妝品或是吃飯又換了什麼新口味，她都要在公司和同事姐妹們分享。雖然她從不曾質疑過自己的幸福，但她仍然需要那一片嘖嘖羨慕的讚歎，就像再好的演員也需要舞臺和觀眾一樣。

遺憾的是，這樣的好時光隨著國家的機構改革已離她而去，船廠的工會仍然不可或缺，但工會委員不再設立專職的崗位，而是派到基層車間真正的工人頭上。至於原工會那些委員們就被分流遣散了，也就是說，鄭品芝失業了。這回，雖然鄭品芝終於如徐一平所願當上全職太太，可她自己卻是極不情願的，由一名大型企業的國家幹部一夜之間就成了家庭主婦，這種強烈的心理落差還真讓她一時難以適應。

徐一平對品芝還是一如既往地嬌寵和體貼，她每天的主要任務就是美容美髮、鮮鮮亮亮地逛街、為一家三口添置華貴的

服裝，並不時地買些小飾物裝點寬敞的新居，最後到超市購買最新鮮的海鮮和蔬菜，等徐一平下班燒來吃。品芝很少吃肉，也從不下廚，她要保持曼妙的形體，而且她一直認為動物脂肪和油煙就是使女人皮膚變得粗糙的罪魁禍首。不出去工作了，本來心情就百無聊賴的，再懈怠了外觀，整個人不就頹廢掉了嗎？鄭品芝才不要這樣，她是懂得如何享受生活的女人。由於品芝自己保養得當，更重要的是徐一平對妻子多年如一日的呵護，使四十出頭的品芝看上去依然風姿綽約。那回在女兒娜娜入高中的第一次家長會上，班主任劉老師竟然問她：「你是徐小娜的姐姐嗎？」從此，戴著瓶底般眼鏡的娜娜再不願與她這個當媽的一起逛街，娜娜尤其怕被同學撞見說：「徐小娜，你姐可比你漂亮多了！」相比之下，娜娜更願意和爸爸在一起，撒嬌耍賴都那麼心安理得，很顯然，品芝的嬌貴無形中疏離了她和女兒的感情。

若不是妹妹鄭品靈的那番越洋長途，失業後的鄭品芝至今仍在上海過著她那養尊處優的安逸日子。人世間的事情有時真就那麼難以預料，說不變可以十幾年甚至幾十年如一日，說變也許就是那麼一瞬間。事隔多年，驀然回首時，鄭品芝自己都難以置信，就是那個昏沉沉的午後，妹妹的一個電話就使她走出了既定的生活，並一步步改寫了她的後半生。

二

　　鄭品靈雖然是高高的身材卻毫無江南女子的纖細，應該屬於牛高馬大那一類，五官雖是濃眉大眼的，乍一看還真漂亮，可越看越乏味，倒不如姐姐鄭品芝的細眉細眼餘味悠長。鄭品靈的性格也是粗線條的，傷心了就號啕痛哭，高興了就朗聲大笑，她對生活的選擇簡單到非此即彼，要麼這樣，要麼那樣，最看不慣姐姐品芝的優柔寡斷、兒女情長。鄭品靈無論是性格還是外表甚至連為人處事的方式都是和姐姐鄭品芝反著來的。

　　鄭品靈從小不愛讀書，成天和街頭一幫招貓逗狗的男孩子混在一起，漸漸地她竟成了他們的頭，在這些誰也惹不起的壞小子們中間頤指氣使說一不二。別看她在外邊足夠風光的，可回到家裏就不免英雄氣短了，父母嫌她瘋瘋癲癲的給家裏丟臉。尤其是在姐姐嫁得如意郎君後，更顯得她鄭品靈不務正業了。父親還算心疼這個小女兒，除了背地裏長吁短歎地乾著急，可在品靈面前卻一句狠話都說不出來。倒是鄭母一見她就嘮叨個沒完，那種話說多了，難免惹得品靈不耐煩，這樣一來，鄭品靈就更懶得回家了。

　　這天，品靈難得在家裏露面，鄭母忍不住又數落開了：「一個女孩家，書讀不下去我們也不逼你，可你自己心裏應該有數，這樣野會有什麼好結果？還不趁年輕漂亮把終身敲定，

你看你姐姐……」品靈不客氣地回敬她媽道：「別人的父母都捨不得女兒出嫁，你們可倒好，一見我到就心煩，巴不得儘快把我推出家門！」鄭母聽了，氣得衝品靈的父親嚷道：「老頭子，你就看著你的寶貝閨女這麼氣我嗎？你聽聽她說的這叫什麼屁話，姑娘大了，該工作就得去工作，該嫁人就得去嫁人，我們都這麼一把年紀了，總不能替她操心一輩子，說她不也是為了她好？你看她那惹不起的派頭，眼裏哪還有我這個當媽的！」老太太原指望丈夫能站出來嚴肅地教訓一下品靈，父親疼愛小女兒可以理解，但總不能眼見她的未來四六不著的還不聞不問吧？可鄭父仍是抱著息事寧人的態度在勸解：「你們都別吵了，吵就能解決問題了嗎？」品靈不服氣地說：「我可不是咱家的什麼問題，即使我有什麼生活上的問題還能指望你們來解決嗎？」鄭母氣得聲音直發顫：「好，好，你有本事，有本事不要賴在父母身邊，你把自己的問題解決好也讓我們見識一下你的本事！」品靈大哭道：「你不就是成心想往外轟我嗎？我這就滾蛋……」說著一頭衝出家門，將房門摔得山響。

品靈離開家後，索性住到了開飯店的阿康家裏。阿康以前是品靈他們團夥裏的大哥，後來不知從哪弄來一筆本錢就開了一家規模不大不小的飯店。由於阿康在社會上混得久了，白道黑道都吃得開，弟兄們有客人都願意往他那裏領，阿康當然也不會虧待了弟兄們，隔三岔五地酒水招待，如此一來，倒把個飯店炒得紅紅火火的。阿康對品靈的美貌早就垂涎三尺了，

品靈雖然表面對誰都大大咧咧，可誰要想占她便宜也不那麼容易，她若是撒起潑來收不了場不說，也怕因此觸犯了眾怒惹得弟兄們翻臉。阿康對品靈還是沉得住氣的，因為他並不缺女人。這回品靈和家裏鬧翻住到他那裏，可謂正中下懷。

自從品靈來後，阿康推掉了所有相好的女人，一來二去的就和品靈明鋪暗蓋起來。從此品靈便以老闆娘自居，忙裏忙外地張羅店裏的一切，來給飯店捧場的人更加多起來。那陣子，對阿康和品靈來說，鈔票可是太好賺了，好像擋都擋不住，它們自己就嘩嘩地往口袋裏流一樣。

鄭品靈雖然沒有結婚，但也算有了固定同居的男朋友，況且還是個能賺大把鈔票的男人。阿康對鄭品靈的父母也不薄，自從品靈和他住到一起後，他先後把老人的家電都換成了進口名牌的，每次去探望老人時也會隨手甩給他們幾張大票。相比之下，大女婿徐一平就沒有這麼大方，不過他對女兒品芝好就行了。從此，品靈的父母就是再看不起阿康的背景也不好再說什麼，就由著他們去了。

三

然而，好景不長，正當阿康的飯店財源廣進的時候，上面突然下來一紙公文，他們飯店所處的位置已被劃歸城市開發專案，限定他們擇日拆遷。而這項工程的總設計師正是鄭品靈的姐夫徐一平。

　　當晚，品靈和阿康就來到了姐姐鄭品芝家。來開門的是紮著圍裙的徐一平，他一隻手舉著鍋鏟熱情地讓進二位，鄭品芝正優雅地佈置餐桌，飯廳裏彌漫著燒魚蝦的香氣。餐桌上已經擺上了一條紅燒鯉魚和兩盤綠色蔬菜，這時，徐一平托著剛出鍋的茄汁大蝦進來，邊解圍裙邊招呼女兒娜娜為姨媽和阿康舅舅搬椅子，寒暄著讓他們也嘗嘗不同於他們飯店的家常口味。品靈和阿康只好坐下來心不在焉地陪著姐姐一家吃飯閒聊，他們覺得姐姐家這頓飯吃得過於漫長，有幾次品靈都忍不住要開口都被阿康用小動作制止了，阿康覺得如此重大的事不合適在闔家圍坐的餐桌前商量，那種其樂融融氣氛也不對。

　　吃過晚飯，娜娜就進她自己的房間溫習功課去了，品芝端進來一盤水果，阿康忙迎上去接過來，搶著為大家削蘋果，這時徐一平問道：「怎麼樣，最近你們飯店的生意還好吧？」阿康剛要回答，品靈搶著說：「好是好，可惜持續不了多久，上面已勒令我們儘快拆遷了。」品芝吃驚地問：「人家生意做得好好的，為什麼說拆就拆？」品靈冷笑一聲說：「據說是城市經濟開發的工程項目，和這麼宏偉的工程相比，我們小本生意又算得了什麼！姐夫是總設計師，這回倒好，設計得自家妹妹都沒飯吃了。」這時，徐一平恍然大悟似的說：「瞧我忙的，差點忘了你們飯店正處在新近要開發的區域裏，那就快物色新店址吧，別耽誤了生意。」品靈大眼睛一翻，不滿地嘟囔：「你說得倒輕巧……」阿康咳了一聲打斷她，然後轉向徐一平

說：「姐夫你也許不瞭解這生意場上的事，合適的店面不是說找就找得到的，就算我們物色了新店面，可離了這塊地盤我們恐怕很難玩得轉。姐夫你是工程的總設計師，能不能就說那裏開發條件不成熟，將工程拖一拖或者索性換個地方開發你的專案？」說著阿康從懷裏摸出重重的一捆鈔票，從桌上推到徐一平面前。徐一平一看，勃然大怒，忽地站起來激動地說：「你們這是幹什麼？開發專案是經過我們多方考察得出的結論，你們怎麼能光考慮一個區區小餐館的利益就想左右大局？別說這個忙我根本幫不上，就是能幫也不幫，快把你們的東西收好，多花些心思安置你們的餐館去吧！」說罷一甩手走進書房再不出來。

品芝還從未看見徐一平當她的面生這麼大的氣呢，也責備起妹妹來：「你看你們辦的什麼事！那麼大工程怎麼能處處顧忌你們這些小市民的意願？你姐夫是管工程設計的，又不管什麼餐館開在哪里更盈利的瑣事。」品靈一聽，氣得大哭起來，衝品芝嚷道：「我就知道你們看不起我們，左一個小餐館、右一個小市民地叫著，好像就你們高尚，就你們是貴族，我們這就走，放心好了，餓死也不再登你們的大門！」說著，動作極大地抓起桌上那捆錢，拉起阿康摔門而去。

自從那次的不愉快以後，品芝就再沒能和品靈說上話，逢年過節時，也會在父母那裏遇到品靈，可品靈一看見他們扭頭就走。有時品芝心裏也怪徐一平當時太衝動，就算他們見識短淺言行荒唐，也不至於就不要這個妹妹了。雖然品靈對品芝夫婦避而不見，品芝還是經常能從母親那裏得到有關品靈的消息。

　　小區的開發專案按原計劃進行著，品靈和阿康縱使是萬般不舍，還是把餐館搬到了別的商業區，正像阿康事先所擔心的一樣，搬家後餐館再沒有以前的紅火人氣，撐了不到一年就關門大吉了。恰在此時，阿康聽說過去的一個哥們為德國中餐館辦理勞務輸出發了，遂硬著頭皮考下了一級廚師證書，然後找到這人，塞上厚實的紅包，不久赴德的手續就齊備了。

　　阿康臨行前匆忙與品靈履行了夫妻的法律程序，來不及舉行婚禮就遠赴德國。幾個月後，品靈前去探親，一走就是十年，除了年關給父母的匯款單和極簡單的電話問候，對品芝這個姐姐則沒有任何的隻言片語，直到那個昏沉沉的午後。

四

　　鄭品芝接到妹妹鄭品靈從德國打來的國際長途後，感情真是說不出的複雜。品靈還是那個爽快脾氣，不管對方怎麼想，只顧自己說得痛快。她告訴姐姐，她和阿康的兒子已經七歲了，目前正在當地一家非常有名望的貴族學校就讀，雖然每年的學費相當可觀，可他們認為很值得，她要讓瞧不起他們的人看看，鄭品靈和阿康的後代也能接受歐洲上流社會的教育。而他們自己，經過海外十年的苦熬苦幹，今天也終於有了自己的實業，他們用這些年給人家炒菜跑堂積攢下來的錢

開了一家中餐館,目前正是籌備階段,順利的話,不久就能開張營業。

電話已經放下了,可鄭品芝的耳畔還一直迴響著品靈頗具感染力的聲音:「姐姐,我知道你已經失業了,姐夫和娜娜又不需要你守在家裏照顧,你才四十多歲,難道就甘心從此過那種退休老人的生活嗎?不如出國和我一起再創一番事業,你文化水平高又有能力,我對你是有信心的,來吧姐姐,俗話說,戰場親兄弟嘛!」

由於事情來得過於突然,對妹妹的盛情相邀,品芝有些手足無措,她諾囁著不知該如何回答,最後只是底氣不足地問道:「我對國外的生活一點也不瞭解,能行嗎?我怕……」還沒等她說完,品靈就打斷她「有我們在,你有什麼好怕的?這些年我們已經在這裏打下了底子,你可以先來旅遊探親,順便感受一下,然後去留隨你,費用我們來出。如果想留下和我們一起幹,你可以帶來一部分錢入股,年終時按股金分紅。等你在這邊安定下來,還可以把娜娜接來讀書,姐夫還能為國家拼幾年啊?人家堂堂一個大設計師都給你燒半輩子飯了,等他退休後讓他也過來,這裏可真是一個安心的休養的好地方啊!」

最後品靈誠懇地告訴姐姐,他們的餐館正在籌備階段,孩子還小無人照料,如果她這個時候能來德國,無疑將是對他們最大的支持。說實話,品靈前面那通豪言壯語並未打動品芝,畢竟那還是遙不可及的夢想,可當她聽到妹妹談起小外甥雷雷時,品芝的鼻子有些發酸,她雖然從未見過這個孩子,可從母親那

裏總能看到品靈斷斷續續寄來的照片。孩子生得濃眉大眼的渾身透著機靈，活脫脫的一個小品靈，品芝早就從心裏喜歡上這個小外甥了。從電話裏品靈對自己近況的瞭解，說明這十年她們之間雖然沒通音信，可品靈還是一直在關注著她這個姐姐的，就像她不斷地通過母親關注著妹妹一樣。不管過去如何吵鬧芥蒂多深，姐妹還是姐妹，這種血緣親情是任何時候都難以割捨的。

這些天品芝正處於對漫長未來的茫然思索中，鄭品靈的電話來得可真是時候。它如一塊重重的石頭擊在水面上，頃刻間打破了姐姐一家原有的平靜。

這天的晚飯桌上，品靈的電話內容就成了當晚的主要議題。品芝雖說是在徵詢徐一平的意見，但那份難以按捺的興奮表明了她想出國到歐洲見見世面的願望。娜娜聽說小姨媽願意給媽媽辦出國，更是興奮，一會兒問：「媽媽，小姨說沒說歐洲究竟什麼樣啊？」一會兒又問：「媽媽，小姨真的答應以後讓我到德國去讀書嗎？」只有徐一平很冷靜，他的手邊在品芝後背上摩挲邊說：「如果品靈真有心邀請你去旅遊探親，你不妨答應下來，這段時間你也挺悶的，出去散散心也好。品靈阿康現在正是用錢之際，經濟上就不要牽扯他們了，費用我會替你準備好的。」品芝笑吟吟地點點頭，到德國旅遊探親這件事就算定下來了。

品靈辦事一貫的雷厲風行，很快就寄來了一系列的探親材料，品芝在上海只需按部就班，沒費什麼周折就辦好了出國的

手續。由於做著短期出國的打算，臨行前，品芝也沒特殊為自己準備什麼，旅行箱裏裝的大多是給品靈一家的禮物。這樣回來時也可以倒出空間帶一些歐洲特產，難得出國一趟嘛。

五

　　鄭品芝終於坐在了由上海直飛到德國的班機上，分別的十年和迢迢萬里的距離都濃縮在這九個小時的航程裏。品芝勉強咽下幾口飛機上的份飯就闔眼遐想起來，她對德國的印像僅僅局限在風景圖片上，但一想到即將和妹妹的重逢，心情就不免興奮起來。多年不見，不知當年那個瘋瘋癲癲的品靈變成了什麼樣？

　　出了海關，品芝一眼就看見了身穿長風衣的品靈，過去風風張張的披肩髮也剪成了錯落有致的超短型。十年的時光不但沒有消磨品靈的美麗，還為她增添了成熟自信的風韻。她那在上海顯得過於粗獷的一米七幾的個頭，在德國看上去竟然恰到好處，再配上那醒目的五官，使品靈即使在這群金髮碧眼的歐洲人中間也那麼搶眼。品靈這時也看到了姐姐，她手拿一束鮮花快步迎上來，不由分說地將品芝擁在懷裏。在飛機上，品芝曾設想過這種場面，當時以為面對妹妹的親熱自己會不自在，可真的身臨其境了她反倒很坦然，這種歐洲式的見面禮節囊括

了這對姐妹久別重逢的萬語千言，也省卻了她們之間不必要的寒暄與感慨。

品靈把品芝帶到一輛墨綠色的歐寶車前，坐在駕駛位上的是一個高高瘦瘦卻很有精氣神的德國男人。見她們姐妹到來，這位德國人一步跨出車廂，向品芝伸出了手，同時嘴裏熱情地嘟囔一句德語。品芝不解地看看品靈，品靈向姐姐介紹說：「這是我們的德國朋友弗雷克。今天阿康忙著開車去進貨，我只好請弗雷克開車來接你，他在政府部門工作，過去是我打工那家中餐館的老主顧，這回我們開飯店，全靠他幫我們跑下來那些雜七雜八的手續，你不知道，德國政府部門辦事那個叫真勁兒，在國內送個禮就辦成的在這裏不知要公事公辦地拖多久，好在弗雷克對這些程序瞭若指掌，德國人面對德國人，事情往往就好辦多了，若沒有他幫忙，我們也許不能這麼痛快就自己當老闆。」

弗雷克駕車向市區行駛著，品靈坐在前面和弗雷克唧唧呱呱地用德語不停地說笑，品芝坐在汽車的後排，將頭扭向窗外看街景，她感到這個城市真是整潔乾淨啊，連空氣都是那麼一塵不染地透明。後來品芝提出一個問題惹得品靈狂笑不止，品芝問的是：「那個居民區裏幹嘛要擺放著一排小車呀，黃黃綠綠的那麼好看，是給人家送什麼貨的吧？」品靈笑得弗雷克莫名其妙，急得直問：「什麼什麼？你姐姐到底說了什麼？」品靈忍住笑翻譯給弗雷克聽，弗雷克也大笑起來，說：「品靈你快告

101

訴你姐姐，那些漂亮的小車是給她送玫瑰花的，黃車是裝黃玫瑰的，綠車是裝綠玫瑰的，上帝，我還沒見過綠玫瑰呢！」聽了品靈的翻譯，品芝意識到自己可能出了醜，臉一紅再也不說話。

第二天品芝就知道了那些「小車」的用途，那二位當時故弄玄虛了大半天，原來不過是人家德國人的垃圾箱，他們將不同種類的垃圾在扔掉之前就區分開來，不同顏色的垃圾箱盛放不同的垃圾，這樣做雖然增加了居民的工作量，但有利於回收和環保。這件事雖然不大，卻沖淡了品芝初到德國和妹妹團聚的興奮。很多天過去，品芝一想起來還是堵得慌，她鄭品芝在上海一向是被人羨慕的對象，向來都是只有她笑別人的份，像那天被妹妹和那個叫什麼弗雷克的鬼佬肆無忌憚地取笑，在記憶中似乎還是第一次。這件事讓品芝對妹妹心裏很不服氣：「哼，得意什麼？比我先出來十年的人就為個瞭解垃圾箱的用途那麼興奮，我若有機會留下來，十年後的境況說不定比你還強呢，總不至於把一輩子光陰耗在餐館裏。」

六

品芝雖說是來旅遊探親的，可品靈他們一家為了新餐館的開張忙得團團轉，正像品靈當初說的那樣，根本顧不上她那個剛上小學的寶貝兒子，哪裡有閒心陪品芝去遊山玩水呢？倒是

品芝主動承擔了不少家務，照顧雷雷的任務自然而然地就落在了品芝身上。她除了每天上午接送雷雷上下學，下午還得陪這個小淘氣參加鋼琴、跆拳道等各種名堂的訓練班。好在雷雷是德國人的飲食習慣，麵包香腸冷牛奶就能打發，否則再為他忙活一日三餐，品芝可真就吃不消了。眼看來德國快一個月了，連妹妹住的這個小區都沒邁出過，最熟悉的路線就是從家裏到她替妹妹一家購物的超市和從家裏到雷雷的學校。

品芝在上海就愛乾淨，不過那時還算悠閒的，如今到了德國，倒為妹妹一家忙碌了起來，品芝並無怨言，反倒有一種被人需要的充實感。只是無論多忙，個人衛生卻從不懈怠，一早一晚的淋浴當然必不可少，有時累了乏了，就放上一浴缸熱水泡上一陣，躺在熱氣氤氳的浴缸裏，品芝陶醉地閉著眼睛，她感到，雖然自己在上海的生活已經很優越了，可那大環境和這裏還是不能比，在家裏也許不覺得，一出家門，人與人之間那份磨肩擦踵的擁擠就令她難以忍受，哪像這裏，街上的行人們都是一副從骨子裏透出的悠閒。雖然她還沒有機會更深切地體會德國，但是，她對這裏的喜愛卻是由衷的，這時她對妹妹的感激也是由衷的，是妹妹在她失業後的百無聊賴之際，不失時機地為她提供了一個出國的機會，和當年妹妹他們出國後的艱苦創業相比，她的出國不就是享受嗎？雖然幫妹妹做些家務帶帶孩子，可和妹妹對自己的付出相比，這些又算得了什麼……就在這種漫無邊際的遐想中，品芝的體力會很快得到恢復。品

靈家裏的衛星天線還能接收中國的電視節目，每天晚上，照顧雷雷睡下，舒舒服服洗過熱水澡的品芝和在國內一樣，看會兒中文電視就安然入睡。

<h1 style="text-align:center">七</h1>

　　週末，雷雷班級裏一個叫大衛的小男孩過生日，接到大衛的邀請，雷雷很興奮，早早地就為大衛包好了禮物。大衛是中德混血兒，他母親是外嫁的中國人，也是從上海來的，品芝到學校接送雷雷時，曾經見過她，有時也簡單地聊上幾句。這次趁兒子過生日的機會，她特意打電話邀請品芝在大衛的生日派對那天早點過去，幫她一起做些準備工作。品芝痛快地應承下來，連日來，她在妹妹家也挺悶的，很願意借這個機會和別人聊聊，更何況大衛的爸爸是德國人，她對這種中西合璧的家庭充滿了好奇。

　　派對下午三點才正式開始，品芝中午不到就帶著雷雷過去了，確切說是雷雷給她領路，反正兩家住得不遠，只隔兩條小街。

　　大衛的家是那種幾家聯體的獨門小樓，在德國俗稱排房的。這種小樓外觀看似連在一起，但進得門後就會發現，各家的樓房都是獨立的，獨樓擁有的東西它全有，由於使用共同的地基，房價和別墅式的獨樓相比要經濟很多。這種樓房結構在

德國頗為普遍，住戶主要是中上層收入的人，雖有鄰居但互不干擾，雖沒有私家別墅的豪華，倒也舒適實用，居住條件顯然是品靈她們那普通的居民公寓樓無法相比的。

　　穿過寬敞的客廳，客廳的正門外是大衛家的大花園，五月的德國，天空出奇地明媚，透明的空氣裏隱含著花草的甘甜氣息。兩個淘小子一見面就跑到花園裏去踢球，大衛母親就拉著品芝坐在露臺上喝茶閒聊。品芝推辭說：「有什麼需要做的你儘管說，我們還是先幹著，免得下午客人來了忙不不過來。」大衛媽媽笑著說：「蛋糕已經入爐了，剩下那點活我很快就能弄完，根本不需要你動手，一看你這手指頭像嫩蔥似的，就不是慣於做家務的主，讓你早些來就是隨便聊聊，下午來的都我老公家的親戚朋友，他們一到，我就得陪他們滿口『鬼』話了。」

　　這是一個黑瘦精幹的女人，年齡不過三十出頭，說話快得連個逗點都沒有，幹起活來更是手腳麻利，想必思維也是敏捷的。從她爆豆一樣滔滔不絕的話語裏，品芝瞭解到這個女人過去在上海時是一家大醫院的內科大夫，雖然業務上無可挑剔，可由於不是土生土長的上海人，而是從江蘇農村考到上海的，在單位裏就倍受排擠。她一畢業就被安排在別人不願進的傳染科室，按規定傳染科的醫生是要定期輪換的，別的同事已經輪過幾輪了，可是她卻在那裏一直幹到出國。她從小就要強，不平的待遇更激發了這個鄉下丫頭的倔勁，表面上她雖不爭不搶的，可自從院裏來了德國專家後，大家就紛傳將來可能有到德

國進修的名額。從此，她一下夜班就偷偷地跑到同濟大學德語系去旁聽，平時一有機會就虛心向專家請教，用的是別人都不懂的德文，不到一年，她就能用德文和專家自如對話了。開始的時候還是在醫院裏，後來就逐漸轉到了咖啡館、高檔餐廳、直至專家的臥房。通過和專家的親密接觸，她瞭解到，專家之所以不遠萬里到中國來，就是常年和妻子感情不和，苦悶中想遠走他鄉換個環境，也想通過距離讓兩個人都冷靜地想想這段婚姻該何去何從。她的適時出現倒是促使專家作出了比來中國當專家還重大的決定。不久，專家就要回國了，果然，在專家臨走前和院方確定了交流專案，這次打算先確定一個赴德進修的人選，就在別人都忙著給領導請客送禮拉關係的時候，專家提議要先通過業務考核，還要他親自測試德語，這兩樣都決定了赴德進修人選非大衛媽媽莫數。就這樣，這個鄉下姑娘終於名正言順地隨專家來到了德國。「出來了，我就沒想過要回去，索性就嫁給有恩於我的專家了，從此在德國過上了再沒有人際關係糾纏的清靜日子，再不必看那些勢力領導同事的臉色。我還算幸運，遇到了我老公格爾，他人不錯，待我也好。雖然離婚讓他損失了幾乎全部的財產，他前妻還給他生了一兒一女，他把自己的整幢洋房和存款都留給了他們，我們現在等於白手起家。他總是覺得委屈我和大衛了，我倒很滿足，因為多窮的日子我都過過，更何況我們現在的收入用於生活沒有問題，過日子一家人感情和睦才是重要的。」大衛媽媽感慨地說。

　　見大衛媽媽一下子就對她這麼推心置腹，品芝也對她講出了自己的困惑。她告訴大衛媽媽，自從失業後，雖然當總設計師的丈夫對自己仍一如既往地寵愛，可她總覺得心裏有一塊很大的空間填不滿，具體是什麼她又說不出來。過去有班上有姐妹同事的羨慕還不覺得，如今一閒下來面對自己，這種感覺欲發明顯起來。大衛媽媽聽後，肯定地說：「我知道你們問題出在哪里，你們雖然相敬如賓，但是缺少激情，這是中國夫妻的通病。」品芝疑惑地說：「怎麼會呢？我們感情那麼好，從不吵架。」大衛媽媽不容質疑地說：「這是兩回事！我問你，你們經常互相表達愛慕之情嗎？你們經常發自內心地親吻對方嗎？你們瘋狂投入地做愛嗎？你們分開這麼久又互相思念得寢食難安嗎？」大衛媽媽一連串的問題問得品芝面紅耳赤，品芝笑著說：「都老夫老妻的了，還搞這些小孩子的把戲，那不是和神經病一樣！」

　　大衛媽媽嘆道：「問題的結症就在這裏，咱們中國男人就是不善於調動妻子的激情，要知道，兩性之間的情愛和其他的感情是有著本質的區別的，更不是寵愛所能代替的，你是他的妻子又不是他的妹妹，我們中國夫妻的日子常常是過著過著愛情就被親情取代了，雖然不吵不鬧的，可又總覺得缺少什麼，為這個分開又不值得。」

　　品芝雖然心裏對大衛媽媽的分析很贊同，嘴上仍嗔道：「就你當醫生的知道得多！」大衛媽媽湊近品芝輕聲說：「不

瞞你說，我們大衛爸爸每天早上出門前都把抱得很緊很緊，他總是邊親吻我邊說一些熱情撩人的話，搞得我渾身燥熱難耐，然後就一整天都盼著他早點回家……」品芝輕捶著她嘻笑著說：「你那是德國丈夫，不能比的，不能比的……」

她們正說著悄悄話，格爾先生開車回來了，大衛媽媽立刻向小鳥一樣歡快地迎上去，格爾先生果然將妻子深情地擁在懷裏親了又親，他一疊聲地稱妻子是「我親愛的小老鼠」，然後將成箱的啤酒飲料從車裏搬下來。他也許知道品芝講不來德文，只熱情地和品芝握了握手說了聲「你好！」就進到房裏喝咖啡看電視去了，留下兩個女人在外面繼續閒聊。

品芝看到，這是一個紳士體面的德國男人，高大的塊頭，灰白的頭髮，雖然親和地笑著，但那副無邊眼鏡卻隔開了和凡人的距離，他看上去有五十多歲了，至少和大衛媽媽有二十歲的差距，但還是一副精力充沛活力十足的樣子。品芝心說：「別看人家鬼佬年紀不小了，可是挺會哄老婆的，徐一平要比他年輕得多，卻早就是老成持重的家長樣，這人和人真是不能比的。」

八

兩隻大蛋糕同時出爐了，廚房裏立刻彌漫著醇美的香味，這時，格爾先生已經在庭院裏支好了幾張薄木桌，品芝幫著大衛媽媽把餐具一樣樣擺好後，兩人又把蛋糕、沙拉、麵包、乳

酪等德國人派對上不可或缺的東西搬上餐桌。格爾先生則忙著支起燒烤的爐子，烤爐旁邊已經準備好了一盤盤各種醃製好的生肉和香腸。一切準備就緒，大衛媽媽就把大衛帶進了房裏。等這母女倆再出來時，就都是煥然一新的待客裝扮了：大衛換下了汗津津的牛仔褲和T恤衫，穿上了吊帶西褲和白襯衣，頭髮也剛剛梳理過，大衛的舉止也就隨著這身正式的打扮紳士了起來。大衛媽媽作為今天派對的女主人也沒有絲毫懈怠，臉上化了看上去很舒服的淡妝，剛剛還馬尾一樣隨意束在腦後的頭髮現在已被高高地挽在頭頂，身著淺灰色露肩長裙，一條奶白色的絲質披肩繞過背部軟軟地落在了兩隻臂彎處，腳上則是一雙同色系的厚跟皮鞋，既便於在花園裏招呼客人又不失女主人的莊重。品芝很欣賞大衛媽媽這身看似隨意實則高貴得不露痕跡的打扮，心想：別看她不是土生土長的上海人，但對上海女人的精緻學得還蠻到家的。

　　很快，客人們都陸陸續續地到齊了，除了品芝和雷雷，竟然全部都是德國人。大家把包裝得精美的禮物交給小壽星後，就三三兩兩端著酒杯或站或坐地閒聊寒暄，還有幾個男賓過去幫著格爾照顧烤肉，隨著爐上炭火的燃燒，撲鼻的香味已經傳過來，閒聊的客人就紛紛放下酒杯，端起自己面前的盤子過去揀肉吃。大家隨意地說笑著，氣氛很輕鬆。這時，大衛媽媽周旋在客人們中間，已經顧不上品芝了，倒是格爾先生給品芝端來一盤第一爐的燒烤，接著又去忙活了。雷雷混在小孩子堆裏

吃吃喝喝的都少不了他的，無法和德國人交流的品芝只好自己低頭吃自己的，不一會肚子就飽了。她乾坐了一會，見飯後的德國客人們都在興致很高地喝酒談笑著，顯然派對不是一時半會就能散的，就起身和大衛媽媽告辭。大衛媽媽也不挽留，只是雷雷正玩在興頭上不願意走，大衛媽媽就說：「那就讓小孩子先玩著，晚上我讓大衛爸爸送他回去。」品芝臨出門，大衛媽媽又手腳麻利地包好兩大塊蛋糕塞給她，並熱情地說：「有空來玩！」

品芝一個人提前回到家裏，一進門就看見更衣架上掛著兩件外衣和品靈的皮包，裏面還傳來品靈大聲的說笑聲，正奇怪他們今天竟然回來的早。客廳的門虛掩著，推開門的那一霎那，品芝不禁目瞪口呆：只見兩個濕漉漉的男女相擁著擠在沙發上，嘻鬧著爭搶一隻吹風筒，都想將熱風往對方的頭上噴，很顯然他們是剛剛洗過澡，兩個赤裸的身體白得都那麼耀眼，妹妹品靈通身散發著柔光，而那個遍身蒼白的男人卻不是阿康，而是那天和品靈一起去機場接自己的那個叫弗雷克的德國人！他們這是……這是……品芝正尷尬著，弗雷克已經不慌不忙地扯過一條大浴巾將下體圍住，品靈笑嘻嘻地衝姐姐道：「真不巧，叫你撞見了，大衛家的派對不是剛開始嗎？誰想到你回來得這樣早！」品芝也不爭辯，低著頭匆匆穿過客廳直奔自己的房間，隨手「砰」地一聲撞上房門，心裏仍像揣只小鹿似的「撲撲」跳個不停，好像作賊心虛的不是品靈他

們而是自己，錯的不是那對赤裸的男女而是自己這個不該提前回家的人。

品芝不合時宜的出現似乎絲毫沒有影響到外面兩個人的情緒，嘻鬧聲仍然持續著，消失一會兒後，又漸漸地被另一種聲音取代，品靈的嬌吟低喘和弗雷克的獅咆虎哮難解難分地糾纏在一起，那聲音裏是不加任何掩飾沒有任何抑制的本能需求，縱使品芝的雙手死命地扣在耳朵上，那撩人魂魄的聲音仍然無遮無攔地灌進來，毫不留情地衝擊著她那業已沉睡多時的原始慾望，她在心裏絕望地乞求他們快停下、快停下吧，否則她就要崩潰了，她真後悔剛才看到那令人尷尬的一幕時沒有抽身而去，而是進到房間裏來，造成一錯再錯。

似乎足有一個世紀那麼長，外面的聲響終於平息了下來。當品芝聽到弗雷克告別出門的聲音後，不禁替妹妹長鬆了一口氣，這要讓隨時可以回家的阿康撞見，以這個拼命三郎的脾氣，鬧出什麼事端可怎麼得了？品靈也是快四十的人了，怎麼還是脫不了太妹的稟性這麼恣意妄為？

「你到底要在裏面躲到什麼時候？」隨著品靈的聲音品芝的房門已經被推開了，「既然你知道了我也不必再瞞你，自從阿康張羅開店就沒再碰過我，也許是忙得顧不上這檔事，也許是這些年掄大勺耗乾了心血，可我是個正常的女人啊，我是不會拆散這個家的，可我的身體卻需要男人的愛撫和滋潤，說實話，我和弗雷克的關係已經持續很久了，有了他我才知道做女

111

人的快樂，你沒經歷過是體會不到德國男人是怎樣愛女人的，那真是……真是……」品靈似乎一時找不到一個貼切的詞來表達她的感受，最後只好說：「那可真是好的不得了！」

今天可真邪性，從早到晚竟然連續有兩個中國女人當品芝盛讚德國男人對付女人的手段，顯然這些風月手段是讓這些有經歷的中國女人明裏暗裏都樂於接受的，今天的所見所聞著實讓品芝眼界大開，沒想到，人過中年的德國男人仍然激情蕩漾、春心不減，不像她的徐一平，早已經是心有餘而力不足。過去她一直認為對於他們這個年齡段的人來說，關鍵是事業有成忠於家庭，根本沒指望還會有如此激情完美的性愛。多年以來，她還以為自己的慾望早就冷淡了，徐一平是個體貼的男人，這方面也從來不違拗品芝的意願，這些年也就這麼和和美美過下來了。似乎直到今天，品芝才意識到她的生活究竟缺少了什麼，這種缺憾丈夫的功成名就彌補不來，丈夫的呵護寵愛彌補不來，她要的正是這種不管不顧激情忘我的男歡女愛！意識到這一層，當了幾十年淑女的鄭品芝自己都被自己嚇了一大跳。

九

自從大衛生日那天品靈和弗雷克的私情被品芝撞見後，弗雷克到家裏和品靈的幽會就不再回避她了，他們任何時間都有可能興高采烈地忽然雙雙出現在家裏，親熱起來更是肆無忌

憚，根本不顧忌品芝在另一扇門後面的感受。有了那次令人倍受煎熬的經歷，每次見他們旁若無人地進門，品芝都要找藉口躲出去，還要忍受品靈的冷嘲熱諷：「我幹事的人還沒不好意思呢，你倒慌裏慌張的，還擺出一副節婦的嘴臉給我看，真怕了你！」品芝心裏氣憤難平：這是你的家當然隨你怎麼折騰，你鄭品靈向來天王老子都不放在眼裏，什麼時候怕過我？品芝縱使有一千句話要回敬她，嘴上卻不搭腔，只徑直向外走，逃離尷尬的品芝有時是去逛逛商場，有時到大衛家裏和大衛媽媽說會兒話。雖然品芝對阿康絕口不提她所看到的一切，品靈對姐姐的隱忍苦心卻毫不感激更不收斂，好像她在姐姐眼皮底下興風作浪是天經地義一樣，好像品芝作為姐姐就有義務為她保守這個秘密似的。

奇怪的是，品芝雖然覺得心裏堵得慌，卻絲毫沒有捲起背包打道回國的念頭，她似乎忘記了自己為什麼要到德國來，更不知道繼續留下去看妹妹的臉色會有什麼意義。但有一點卻是很明確的：她喜歡這個處處鮮花綠樹處處整潔明淨的國度，雖然這裏的一切都不屬於自己，但是她隱隱地感到，只要自己不忙著離開，她就有機會成為這裏的一員，像品靈阿康和大衛媽媽他們一樣。

在大衛家裏，品芝用磁卡撥通了上海家裏的電話，女兒小娜告訴她爸爸到廣州出差了，她的新班主任劉老師對她很好，剛剛還來給她燒過晚飯。女兒在電話裏並沒問她什麼時候回

家，只是滔滔不絕地談論她的劉老師，還興奮地說，媽媽你不知道劉老師燒飯的手藝有多高，連爸爸都說好吃呢！品芝心裏雖然不快又說不出什麼，只好老生常談地囑咐說：小娜你明年就要高考了，要抓緊時間學習，當心身體。小娜回答說，媽媽放心吧，劉老師跟爸爸說我是棵好苗子，她會好好關照我的！

這期間，品靈的餐館已經裝修完畢正式開張營業了。開張以來，生意一直很好，阿康主灶品靈跑堂，一個外人都沒雇，兩個人雖然忙得一塌糊塗卻是每一分錢都是為自己賺的。實在忙不過來的時候，品芝安頓好雷雷後也跑去幫忙，因為品芝的探親身份沒有合法的工作許可，餐館又是新開張，所以品靈也不敢讓她太招搖，只能偷偷地給他們打打下手。這點品芝總是不解：我是給自己妹妹幫忙還要偷偷摸摸的，這又不是打黑工賺錢，德國的法律怎麼這麼囉嗦呢？每到這時，品靈就不免旁敲側擊：沒辦法，誰讓你老公不是德國人？我要是有個德國姐夫，別說是來幫幫忙，你就是來這裏工作也是名正言順的！

關鍵時刻，為品靈的餐館援手的不只品芝一個，那個德國佬弗雷克也沒閑著，尤其是晚上或週末生意旺的時候，總能看到他忙碌的身影。這個人幹起活來是不吝嗇力氣的，替阿康開車出去拉貨、幫品靈收碗幫品芝洗碟……更重要的是新開張的餐館裏每天都有那麼多雜七雜八的往來帳單、信件，別看品靈阿康德語的日常口語還可以，可一遇到文字的閱讀書寫幾乎就成了文盲，這些就都交給弗雷克來全權處理了。有些德國老人

114

就餐時話多，願意和人聊聊，每到這時，忠實的聽眾也是弗雷克。對他們來說，好像吃飯的內容並不重要，重要的是就餐時的心情。德國老人有閒也有錢，卻往往獨居缺少親人的關懷，有時在這裏一坐就是一晚上，客人不多時，陪他們聊上一會，他們就開心得很，雖然他們很囉嗦，但也得禮貌周到地接待，因為這些老人吃得開心了就有可能成為這裏的常客，而且老人們出手都很大方，點的是七、八塊錢的一份餐，結帳時甩出二十塊錢的鈔票不要找錢也是常有的事，還有那一高興多喝下去的一杯杯啤酒，可都是五倍的利潤啊。

客人們在餐館裏見弗雷克跑前跑後地張羅得歡，都以為他才是這家中餐館的主人，那些中國人不過是他雇傭的大廚和跑堂，哪知人家是丈夫和妻子、姐姐和妹妹的親密關係，這裏其實只有他才是個外人，還是賠錢賺吆喝的義工。阿康對弗雷克明顯的熱心似乎不但不心存疑慮，還恭敬有加，連他們自己的飯食都是給客人燒飯的間歇隨便弄一口的，不難吃但也不特殊，可每次弗雷克來，他都要親自過問：今天你想吃什麼？弗雷克也不客氣，專撿愛吃的點，他又偏愛過油食品，除了雞肉鴨肉，甚至連鮮蘑都要油炸過了才吃，燒他一個人的飯，不亞於接待一桌普通客人的工作量，可阿康毫無怨言。看到這一切，品芝心裏暗說：就衝弗雷克對餐館的貢獻，多吃你幾頓飯當然算不了什麼，更何況，人家還在替你盡為夫之道呢！這當然是氣話，品靈能把兩個大男人擺佈的服服貼貼又相安無事，這種本事讓人不得不佩服。

十

　　兩個月的時間忙忙碌碌的很快就過去了，品芝的簽證還有一個月就要到期，品靈和阿康都承認，品芝雖然是那種享受慣了的女人，可她的到來還是很大程度地幫了他們，要知道，在德國，像他們這樣披星戴月的餐飲業家庭，家裏若沒個可靠人打理還真是難處多多。這也是當初他們一籌莫展之際，品靈想到請失業的姐姐過來探親的主要原因。當初阿康曾反對過讓品芝來德國，一來擔心品芝耐不住寂寞吃不了苦，來了又吵著回去，不但幫不上他們還不夠添亂的，二來品芝只有三個月的簽證，她期滿回國後不還得要他們自己另想辦法？可品靈卻是個敢作敢當的女人，她對阿康說：只要姐姐同意，我們就先把人弄出來，走一步看一步，想那麼多幹嘛？當初他們也是誠心誠意地想帶品芝出去旅遊一趟的，哪成想，這開餐館的事情還真這麼纏人，把他們拴得緊緊的，反正自家姐妹來日方長，就算他們欠姐姐的吧。

　　很顯然，品靈他們目前確實需要品芝，而品芝也不想就這麼輕易回去，所以，當務之急就是怎樣設法讓品芝繼續留在德國。品芝不止一次地和大衛媽媽探討過這個問題，她不但要留下來，還要能堂堂正正地出去工作，因為她實在厭倦了在國內失業的日子，也許這也是她寧願留在德國給妹妹作「保姆」當

「幫工」的一個原因。當時大衛媽媽曾說過像她這種情況，只有一個捷徑就是和德國人結婚，只要能成為德國人的配偶，那麼居留、工作許可等一系列令她頭疼的事情就會迎刃而解了，將來還會找機會把女兒辦來讀書。品芝聽後直搖頭，連說不可以，丈夫多年如一日地待我那麼好，人家又沒什麼對不起我的地方，怎好說離婚就離婚？大衛媽媽很不以為然地說：「再好的夫妻感情脫離特定的環境也就變味了，你不是自己也羨慕和德國男人一起生活的中國女人嗎？」品芝說：「羨慕歸羨慕，真要讓我邁出那一步卻不容易，小娜會怎麼想？小娜的爸爸還不傷心死？再說，哪有那麼現成的合適人選在等著你嫁？」大衛媽媽搖頭歎道：「不可能世上所有的事情都盡如人意，往往是你要了這樣就得損失那樣，拿我來說吧，雖然現在的日子很幸福，可格爾畢竟年齡比我大那麼多，我甚至不願去想我們是否還有共同的未來，大衛又那麼小……我的意思是說，你又想要德國的合法居留又捨不得國內的一切，那就很難兩全了。」

當晚品靈和阿康回到家裏，見品芝還沒睡，她正在看衛星轉播的中文節目，就坐下來和她談起了同樣的話題，就是如何能在德國長期待下去。說來說去，話題最終還是繞到了「嫁人」這個敏感的字眼上。品靈說：「我瞭解你和姐夫的感情，如果只是為了我們的方便就破壞你們多年的夫妻關係我心裏也會不安。」品芝說：「都老夫老妻了，早就不像你們那麼肉麻了，和人家會生活的德國男人相比，他就是一杯溫吞水。」說到這，品芝突然

意識到阿康還在旁邊,她連忙打住,好險,差點說走了嘴。品靈聽出她是指自己和弗雷克那檔子事,既不生氣也不緊張,卻把頭轉向阿康問道:「你怎麼不說話?過去你的點子不是挺多的嗎?」阿康一拍腦門說:「你們的話倒是點醒了我,依我說,姐姐若想好好留下來,只有這一條路可走,就是婚還得離,人還得嫁,只是不動真格的!」品靈品芝同時驚歎:「假結婚!」雖然這個方法早被南方來的難民們用濫了,可他們卻從未想到有朝一日自己也會走這一著險棋,弄不好就會既破財又招災。品靈恨不得一口唾到阿康臉上,質問到:「假結婚可是要冒險又花錢的呀,假結婚的對象在哪?和你嗎?你也配!就算找到了人選,你知道那人是否可靠?付給人家那一大筆黑錢又從哪出?」

阿康聽了品靈的一頓搶白後不緊不慢地說:「我也許是不配,可有一個人配,這個人就是弗雷克!」不等品靈回嘴,他又接著說:「這人可是絕對可靠,而且憑你們之間的關係他一定肯幫這個忙,說不定連錢都不要。」品靈冷笑道:「你可真聰明!你嫌弗雷克礙眼又離不了人家,就把我姐姐抬出來擋駕,她的年齡和弗雷克一樣大又不懂語言,難道弗雷克會看上她?」阿康嬉皮笑臉地說:「別忘了我說的可是假結婚又不是真結婚,你犯哪門子急?就算弗雷克真看上姐姐也不是什麼壞事,以後他就可以名正言順地出現在我們面前,就不至於像現在,大家都揣著明白裝糊塗,要多尷尬有多尷尬。」品靈氣得暴跳如雷,衝阿康罵道:「你心裏只有賺錢開餐館,為了餐館

你竟然裝聾作啞地默許別的男人和你老婆上床，現在你餐館也有了，收入也穩定了，你想收回老婆了，就又把我姐姐打發給人家，你個無能男人大王八，我不許你利用弗雷克對我的感情！」阿康一把掀翻桌子吼道：「閉嘴你這騷女人！你給我戴了綠帽子還有理了？以為我阿康是好欺負的？不要給臉不要！」吵鬧聲驚醒了睡夢中的雷雷，一時間女人哭孩子叫的亂成了一鍋粥，品芝氣得渾身發抖，指著阿康品靈哭道：「別以為我一定要賴在這裏，大不了我馬上回到丈夫女兒身邊去，若不是看雷雷有爹媽生沒爹媽管的樣子可憐，我早就回上海了，哪個吃飽了撐的聽你們這些亂七八糟混帳話！」雷雷緊緊地摟著品芝的脖子哇哇大哭，他嗚嗚咽咽地說：「姨媽不要走，我不許姨媽走，姨媽你也不要我了嗎？」雷雷這一哭鬧，大家都安靜了下來，各自心事重重地回房安歇。

<h2 style="text-align:center">十一</h2>

也不知品靈阿康是怎麼遊說的弗雷克，他竟然同意和品芝辦理（假）結婚手續，而且真如阿康所料，他明確表示分文不取，這麼做純粹是幫助品芝獲得居留。弗雷克的態度令這三人各懷感慨：阿康是勝券在握洋洋自得；品靈是宜憂宜喜患得患失；品芝的心裏更是矛盾重重，感動弗雷克仗義相幫的同時

也顧慮徐一平會因誤解自己而設置障礙，如果徐一平不同意和她在（假）離婚協議上簽字，那麼這一切設想就都不成立。此時，鄭品芝好像已認不清方向，只有被命運裹挾著往前走。

品芝雖然仍舊經常和徐一平、小娜通電話，電話的內容仍舊是不痛不癢地互致問候互報平安，可品芝已經感到有什麼微妙的變化即將在他們之間產生了，至少，她這方面正為一個嶄新的未來而充實地忙碌著。電話裏，面對徐一平一如既往關懷的聲音，品芝鼓了幾次勇氣都沒將「假離婚」的打算說出口，她覺得，無論真假，「離婚」這個詞本身就是對徐一平感情上的傷害。在品靈一次又一次的催促下，最終品芝只好選擇了書信這種傳統的方式來闡明自己的觀點。品芝在給徐一平的信中反覆強調，他們這麼做不是對感情和婚姻的背叛，而是對未來生活的一種迂迴變通的追求，在這種追求中，她是家庭的開路先鋒，暫時的分別是為了永久的相聚，她堅信不久的將來他們一家會由於她的英明決定在這古老而美麗的歐洲重逢。

品靈打聽到有一種本人不必出面，只寫一份委託書就可以在國內辦理離婚的方法。品芝想來想去，覺得這樣也好，既節省時間又不必折騰回去面對徐一平的質疑。就給要好的女友寫了一份這樣的委託書，並在信中表明，在這件事上，她是有苦衷的，關照女友千萬不要將消息擴散，以後有機會再向女友解釋一切。

國內那邊的缺席「離婚」沒費什麼周折，品芝很快就收到了離婚證書。和郵件一起寄來的還有一封徐一平的信。在信

裏，徐一平的口吻很平靜，他語重心長地說：「品芝你別把事情想得太簡單又搞得太複雜，我去美國、新加坡考察工作過，卻從未想過要以什麼方式留下來，總覺得那裏再好也是人家的天地。雖然你的做法我不贊成，可你希望我辦的事我還是照辦了，因為我不願破壞你的理想和夢境，即使在我看來它很荒唐，不管你提出的離婚是真是假我都尊重你，並希望你在異國他鄉多多保重！」

看了徐一平的信，品芝的心一下子變得空空蕩蕩的，她感到，無論這件事情是怎樣的結局，有些美好的東西在他們夫妻之間已經失去了，想到這兒，她捧著這燙手的離婚證書，哭了。品芝想，和弗雷克的假結婚辦妥後，三年的居留就有了，等這一切如願了，她一定飛回上海和他們父女團聚些日子，徐一平雖然沒有激烈地責怪她，但顯然對她有所擔心和誤會，有些事還是當面解釋比較好。

德國這邊自有弗雷克和品靈出面張羅，因所需的檔案齊備，自然也是一切順利，品芝只需在最後關頭和弗雷克一起到市政府簽個字，品靈和阿康也分別以他們證婚人的身份出席了簽字儀式。辦好了結婚手續，接下來是弗雷克帶品芝到外國人局換簽證，這回，品芝以弗雷克合法妻子的身份一下子就獲得了三年的合法居留，這麼重要的事一件接一件的沒費任何周折就順理成章地辦了下來，整個過程簡單得讓品芝難以置信，不禁感慨：看來和德國人結婚，顯然是好處多多。

從此，閒暇時品芝也可以名正言順地到品靈的餐館裏幫工

了，工資上，品靈是從來不會虧待姐姐的。品芝還自己到附近的成人語言學校報了名，每天上午送走雷雷後，她就騎車去上學，一路上感受著和暖的微風拂面和小鳥歡快的啼鳴，此時，她似乎看到前方一個嶄新的生活正在等著她去追求和把握，品芝真的有些陶醉了。

四十多歲的人了又要重新學一門完全陌生的語言，那份艱難是品芝事先沒有料到的，雖然她沒有一點外語基礎，可她並不氣餒，她聽課認真、不恥下問，弗雷克和雷雷都是她得機會就求教的對像。常規方法學不會，她就找捷徑，索性走起了旁門左道，品芝幾乎在每個德文單詞後都標上了中文諧音，她管德文的「蓮花」（Lotto）叫「駱駝」，他們所住的「庫達姆大街」被她說成「褲檔大街」，就連進服裝店選衣服，營業員問她喜歡的顏色時，她也會大大方方地回答「濕襪子、濕襪子」（schwarz黑色）……雖然如此不倫不類的發音常惹得雷雷笑得喘不過氣來，可人家德國人竟然也能聽懂，這樣一來，枯燥艱澀的德文就在品芝的頭腦裏漸漸地活了起來，很快，她就能結結巴巴地和弗雷克聊一些簡單的話題了。

十二

不知從什麼時候起，弗雷克開暇去品靈餐館的次數漸漸地減少了，相比之下，教品芝學德文的時間就明顯地多了起來，

和像孩子似地呀呀學語的品芝在一起，對弗雷克來說似乎是件很開心的事。自從二人履行了那個法律程序後，他們之間就形成了一種默契，品芝無論遇到什麼問題，都會首先想到找弗雷克幫忙解決，有些問題甚至在品芝沒想到的時候弗雷克就已經辦好了，好像他對品芝也承擔著一份責任似的。而且，從他們簽字那天起，再也沒發生過品靈和弗雷克雙雙幽會的事。雖然大家事先說得清楚，這個婚姻是假的，是為了解決品芝的居留而請弗雷克幫的大忙，可感情這個東西，更多的時候是說不清楚的，它往往是在你不經意的時候就已經滋生了。

近來，和品芝在一起的時候，弗雷克時常直愣愣地盯著品芝的眼睛，每到這時，品芝都窘得不知如何是好。那天，弗雷克告辭時，品芝起身送他，走到門口時，他竟突然回身把品芝緊緊地抱住，用他那長滿絡腮鬍子的臉一下一下輕輕地蹭著品芝的頭髮說：「你既然已經是我的妻子了，為什麼不能和我生活在一起？我喜歡你，我真的想要你……要你……」自從和徐一平結婚以來，還從來沒有第二個男人這麼熱烈地對她，徐一平對她的愛是不慍不火的溫存，像弗雷克這種不由分說的陣勢品芝還沒見過。此時，這個四十多歲的女人像一隻受驚的小兔一樣在弗雷克的懷裏瑟瑟發抖，弗雷克俯身去搜尋品芝的嘴，品芝卻左躲右閃地回避著，實在躲不過了，她索性把臉深深地埋在弗雷克胸前。見她這樣，弗雷克歎了一口氣說：「別怕，我不會強迫你的，只想讓你知道，我是真的喜歡你，從你下飛

機坐進我的汽車裏的那刻起，我就從心裏喜歡上你了！忘了我和品靈的事，有了你，我就能抵擋那個東方小魔女的誘惑了，我希望你真的能成為我的妻子。」弗雷克的話說得很慢，他字斟句酌，儘量揀品芝容易理解的詞來表達。說完，他鬆開了品芝，又在她的髮際印了一個吻才戀戀不捨地離去。

品芝雖然沒想到會這樣，似乎又對弗雷克這個具有歐洲紳士派頭的男人有著隱隱的渴望與期待，然而，這中間又夾著品靈和徐一平。今天的事若被品靈知道了肯定又要大吵大鬧了，還不得罵她這個當姐姐的沒良心、老來俏？品芝轉念又想，品靈她憑什麼呢？她不是有阿康嗎？想那阿康當年在上海灘是何等的豪爽和英武，如今卻為了這個家拼死拼活受盡屈辱，自己還枉費心機地替品靈和弗雷克瞞著他們的私情，哪知人家阿康早就心知肚明、打落牙齒和血吞了。時間和機遇真能把一個人變成另外一個人嗎？品芝又想，如果接受了弗雷克，大家是不是就都從這份亂紛紛的感情中解脫了？對阿康而言，弗雷克從老婆的情人變成了連襟姐夫，顯然是件化敵為友的好事。可徐一平怎麼辦呀？一想到徐一平，品芝的心不禁隱隱作痛，雖然她和徐一平的感情生活早已是親情替代了愛情，可那共同生活了近二十年的歲月怎能夠就一筆勾掉？

鄭品芝的心，真是亂極了。

十三

轉眼，暑期到了。

算來鄭品芝離開上海已經五個月了，她想趁雷雷放暑假的機會帶上他回上海待上一段時間。徵得品靈的同意後，品芝就迫不及待地往上海的家裏打電話，徐一平小娜父女倆知道她要回去說不定有多高興呢。

電話一接通，那邊一聲「喂──」，是個很柔和略帶鼻音的女聲，品芝有些著急地問：「娜娜啊，我是媽媽，你感冒了嗎？」只聽電話那端女人的聲音漸說漸遠：「老徐，你來接吧，是小娜的媽媽！」

徐一平剛一拿起聽筒，品芝就忍不住質問：「那女人是誰呀？她為什麼在我們家那麼熟絡？」徐一平頓了一下，直言相告：「她是小娜的班主任劉老師，我們已經結婚了。自你走後，她就像母親一樣關懷小娜，她們的關係一直很好這你是知道的，所以我們雖然剛剛結婚，但已經不是陌生人，所以大家都很合得來。你怎麼樣，和弗雷克過得還好嗎？」

品芝愣在那裏，一句話也說不出，她不知徐一平對她是真誤會至此還是有意製造誤會，總之，他們之間的一切都隨著那紙離婚證書結束了，結束得那麼順理成章不留痕跡，甚至連個

過程都沒有。這決不是她鄭品芝的初衷，不是！

縱使品芝有千萬句話要為自己辯解，可此時此刻，說什麼都是多餘的了。她控制不住自己的情緒，對著話筒號啕大哭起來。徐一平勸慰道：「品芝你別哭了，你在德國過得不順心嗎？過得不好你就回來吧，我們都會幫你的，畢竟你是我女兒的母親。」徐一平的話和品芝的重重心事根本對不上茬，頃刻間，她的心裏涼透了，無論徐一平說什麼她都沒有聽的興趣，只嗚咽著衝話筒吼著：「娜娜呢？我要我的女兒！」

當話筒裏真的傳來女兒的聲音時，品芝像抓住一根救命稻草似的，她語無倫次說：「娜娜，你要知道，媽媽不是真的不要你們，媽媽這麼做都是為了你呀，為了你將來能到德國來讀書，爸爸結婚了，媽媽後悔也晚了，可你是會來和媽媽在一起的是嗎？媽媽這就想辦法讓你過來……」還沒等品芝說完，小娜就不耐煩地打斷她：「媽媽，你還是先顧你自己吧，你知道我是離不開爸爸的。劉老師對我的學習抓得很嚴，這學期我考了全年級第一名，劉老師要求我保持這個成績，爭取明年保送進重點大學。將來即使出國深造我也會自己憑本事爭取的，而不是採取你那種令人羞恥的方式！」

「小娜，不許你用這種口吻和媽媽講話！」這時，電波裏傳來劉老師低沉而又嚴厲的聲音。很顯然，鄭品芝再也不是那個溫馨家庭裏的女主人了，這個權力和地位是她自己在鬼迷心竅之下輕易地拱手相讓出去的。

十四

國內的情緣就這樣被自己斷送了，鄭品芝的心一下子變得空曠難耐。她費盡心機在德國營造的一切，在丈夫和女兒眼裏竟然一文不值，這是她事先所不曾料到的。上海已經回不去，妹妹家總不是久留之地，她開始默默地為自己的未來做打算了。

弗雷克仍然一如既往地來關照品芝，在他不厭其煩地輔導下，品芝的德文進步很快。這時，她不但對弗雷克熱辣辣的目光已不再回避，對弗雷克情不自禁的親昵舉動也是半推半就的。品芝把東方女性的含蓄嬌柔發揮得淋漓盡致，弗雷克哪裡經得住品芝這樣欲擒故縱的撩撥？終於，他們之間該發生的一切就都發生了。

在品芝面前，弗雷克就是一隻雄壯的歐洲獅，他稱品芝是他的「小貓咪」。「獅子」獵取「貓咪」當然是易如反掌，他獵取她卻不急於吞食，而是饒有興致地撫弄玩味著。這時，品芝就真像一隻慵懶的貓咪一樣，全身放鬆地依偎在弗雷克懷裏，任他靈活的手指在自己身上每一處敏感地帶嫻熟地彈奏，然後任這個高大威猛又不失溫柔的德國男人把自己帶上雲端又拋向深海……這種性愛的快樂是品芝從未體驗過的，是弗雷克為她實踐了她潛意識裏對歐洲男子神秘的的幻想與渴望，她要

在有生之年把這種快樂持續下去，她已經離不開這個男人了，她要和這個男人以真正夫妻的身份生活在一起。在品芝看來，這些都不是什麼難事，因為他們早已經是被德國法律承認的夫妻。

激越高亢的樂章逐漸平息，弗雷克環抱著仍嬌喘不止的品芝又一次懇求：「還等什麼呢？今天就搬過去吧，以後讓我一下班就能看到你親到你，還能喝到妻子親手燒的熱咖啡。」這次品芝不再猶豫，她決定晚上就向妹妹攤牌。品芝讓弗雷克先回去等她的消息，隨後，她撥通了品靈餐館的電話，她讓品靈今晚早點回家，說有重要的事要和品靈商量。

自從知道姐姐的家庭破裂後，品靈心裏一直很不安，總覺得姐姐走到今天這一步自己多多少少有些責任，所以她也在四處求人為姐姐多方物色合適的人選。其實，弗雷克那點心思品靈早就看在眼裏，和姐姐假結婚如此責任重大的事他都能那麼痛快地應承下來，絕不止像阿康想像的那樣：因他和自己老婆有染而愧對阿康。他若真那麼想，怎麼還會明目張膽地到餐館裏來忙活？「朋友妻不可戲」乃是中國男人的古訓，他們德國佬似乎只要兩相情願就心安理得。近來他很少到餐館裏來了，品靈幾次以別的藉口約他雲雨他也都推託搪塞，卻肯花心思教品芝德文，明擺著想和品芝假戲真做。這個精明的鬼佬，一毛不拔就想白撿人家老婆，真是挖空心思地佔便宜！他前妻就是因為他過於算計而和別的男人另起爐灶了，這回又算計到我們姐妹頭上，他別想美事！品靈正想找機會當姐姐揭穿這個小肚

雞腸的男人，她要提醒姐姐，此人只能作情人不能當丈夫，一分錢都能攥出水來的男人讓女人怎麼和他過日子？恰在此時，品芝打電話讓她早點回家，她就趁餐館沒客人時跑了回來。

十五

品靈一進門，就看見姐姐穿戴得很正式地坐在沙發上，幾隻旅行箱已經裝好擺放在門廳裏。見品靈回來，品芝開門見山地說，她決定搬到弗雷克那裏和他共同生活，她要和弗雷克作堂堂正正的夫妻，從此不再玩什麼「假結婚」的障眼法。

品靈聽了，雖然吃驚不小，可還是耐著性子，以一副過來人的口吻勸導姐姐：「你才來德國幾天，又對德國男人瞭解多少？弗雷克根本就稱不上是真正的德國男人。不錯，他嘴巴裏的甜言蜜語會哄女人開心，床上功夫到家，更會討女人歡心，可一涉及到錢，你的我的甭提分得有多清爽了。你想想啊，他若真那麼好，不早就成為我丈夫了，哪裡還輪得到你？」品芝不服氣地嘟囔：「我倒覺得他人好又仗義，你不要吃不到葡萄就說葡萄酸。」品靈氣得大叫：「你這叫什麼話，以為我是嫉妒你們嗎？別以為弗雷克對你說了幾句好話你就不知道東西南北了，以為自己多有魅力。實話告訴你，我最清楚他的斤兩，早就讓我玩膩了的男人，我當然不希望我的姐姐又當寶貝兒似

的拾了去。你不瞭解他在金錢上的精明猥瑣，他那處處要佔人家小便宜的心理簡直不像一個男人，你若真想找德國人結婚也不應該是他，嫁人又不差這一時半刻的，你著什麼急嘛！」接著，品靈又歷數弗雷克的種種不男人的地方，比如和自己親密交往那麼長時間卻一次像樣的禮物都沒送過她，倒是品靈時常倒貼弗雷克，聖誕、新年、情人節處處不拉，光是今年弗雷克過生日，品靈送他一個鱷魚牌公事包就花了七百多。而輪到品靈生日時，弗雷克只用一枝玫瑰花外加一盒心型巧克力就打發了她，還美其名曰：「看，我把我的心帶給你，心甘情願地被你吃掉。」哼，說的比唱的還好聽，我鄭品靈可不是三歲小孩子那麼好唬弄！還有，弗雷克專揀飯口到餐館裏來，說是來幫忙，還不是來蹭飯的？自咱們餐館開張以來，弗雷克家的爐灶恐怕就沒再打開過……

「你說夠了沒有！」品芝生氣地打斷她：「走到哪裡你都脫不掉那庸俗勁！人總得講良心，人家曾經那麼不計得失幫過你，包括和我假結婚辦居留的事，他是要承擔風險的呀。到頭來就因為愛上了你姐姐和你中斷了不正常的關係，你就這麼惡毒地誣謗人家，這對他太不公平了！」

品靈大哭道：「就因為你是我姐姐，我才不願看著你一錯再錯！不管你怎麼看待我和弗雷克以前的關係，反正我就是不同意你嫁他。當情人是另一回事，當我姐夫，他不配！不配！！」

品芝冷冷地回答：「這事我已經決定了，你就別管了！」

說著就給弗雷克打電話，讓他開車來把自己接走。弗雷克的車子很快就來了，他把品芝的幾隻箱子搬上車後，回頭禮貌地向品靈告別：「你保重，再會吧！」

望著坐在弗雷克車裏絕塵而去的姐姐，品靈捶足頓胸地大喊大叫：「鄭品芝，你這個傻女人，竟然信他而不信我，你會後悔的！嗚嗚嗚……」

十六

和弗雷克這個男人真正過上柴米油鹽的婚姻生活後，品芝方意識到自己的想法過於簡單了。品靈所言果然不虛！弗雷克的一日三餐簡單之極，除中午在單位附近吃速食外，早晚都是麵包果腹，他倒是能對付，品芝卻和他對付不起，品芝是從小吃慣了海鮮的，可弗雷克偏偏就聞不得丁點腥味，品芝偶爾燒回魚，弗雷克一進門就嘔個不停，搞得品芝緊張兮兮地大敞了好幾天的門窗，即使這樣，弗雷克仍皺著眉頭說家裏還是有股難聞的腥味，嚇得品芝再也不敢輕舉妄動了。雖說弗雷克平常飲食簡單，一到週末，又哄著品芝給他燒中餐，可他所理解的中餐就是把雞啊鴨啊甚至鮮菇都過了油炸來吃，品芝是最聞不得油煙的，過去在上海又從不燒飯，這回做了德國人的老婆倒要遭這份洋罪，真是苦不堪言。

弗雷克雖然床上床下口口聲聲地稱愛她，可愛歸愛，一涉

131

及到錢字，就完全不是那麼回事了。弗雷克真的是個過於節省的人，在經濟上對品芝卡的很嚴，再加上生活習慣上的差異、文化觀念的衝突、對同一問題的不同理解等等諸多因素，使他們磕磕絆絆的夫妻關係雖然不能稱為不幸，卻時不時地令品芝心裏起膩發堵。

婚後的品芝在弗雷克家裏顯然是看不成中文電視了，她不止一次地要求弗雷克也給她安裝一個衛星接收天線，弗雷克都以看中文節目不利於她學德語為理由拒絕了，最後纏不過品芝，他終於說了實話：「上千元的安裝費你若自己能付，我當然沒意見，反正中文節目也是你自己看。」一句話把品芝噎在那裏無言以對。

轉眼，女兒娜娜的生日快到了，雖然小娜對媽媽的成見很深，但作為母親，品芝仍然很牽掛女兒，尤其在女兒過生日的時候。週末，品芝硬拉著弗雷克上街，在體育用品商店，她看好了一雙女式運動鞋，鞋型為流線體，雪白的軟皮鞋面上一個玫瑰色的對號似流星劃過，那就是國際馳名的運動品牌耐吉的標誌。品芝想像著小娜穿著這雙鞋時輕盈活潑的樣子，恨不能立刻買下來給小娜寄去。沒想到卻遭到弗雷克的強烈反對，他說：「這雙鞋要二百元呢，還沒算上郵費。上個月我母親過生日我給她買一束鮮花還不到二十元，她一個小孩子怎麼能這麼破費？」品芝說：「這是我當母親的一片心意，和破不破費是兩回事！」弗雷克振振有辭：「我就是不理解你們中國人為什

麼總要用金錢來衡量感情，難道一張賀卡就不能代表你的心了嗎？」品芝見既然與他說什麼都是雞對鴨講，索性也不再和他商量，掏出自己的錢付了賬，然後一個人氣哼哼地回家了。

品芝雖然還有些錢，可那都是以前品靈以各種方式給的，要真這麼用下去，撐不了多久的。徐一平曾要把離婚後屬於品芝的那部分轉匯給她，品芝見弗雷克對她如此吝嗇，就賭氣讓徐一平把這筆錢以品芝的名義存在上海，以備日後的不時之需。弗雷克眼見這筆錢惦記不到手，便在經濟上對品芝愈發苛刻起來。品芝不禁對這樣的婚姻產生了疑惑：難道這就是德國的夫妻關係嗎？你的、我的要分那麼清，我沒工作，錢都是他掙的，自己腰裏沒錢以後豈不要處處受他的挾制？真不知這日子還過個什麼勁！

十七

品芝的生活狀態雖然改變了，但她愛清潔的習性依舊。婚後，愛乾淨的品芝依然天天早晚淋浴，隔三岔五地在浴缸裏放滿熱水泡上一個熱水澡。然而，她這多年雷打不動的習慣也被弗雷克質疑了，那天吃過早飯，弗雷克並沒像往日一樣杯盤一推就匆匆出門，而是饒有意味地看著品芝說：「我想這裏的環境應該比你們上海乾淨吧？」品芝說：「那是當然。」她不明白弗雷克為什麼會冒出這樣的話來。弗雷克又說：「既然這

樣，你還有必要那麼頻繁地洗澡嗎？別看洗澡水來得方便，可自動燃水器的電費還是很貴的，天天洗澡倒是清爽舒服了，可開銷也挺大的。」說完，也不看品芝的反應就出門上班了。品芝心裏那個彆扭呀，暗說：「哼，若真計較起來，我這個當老婆的是不是還得和你算一下又當保姆又當管家的工資呀？我扔下國內的一切跑到這裏難道是為了看臉色的？這個狗屁婚結得可真冤枉，你不提帶我出去旅遊也就罷了，以後搞得在家裏連澡都洗不成，就是上海的保姆也沒到這個地步呀！」

更有甚者，那天，弗雷克竟抖著電話帳單對品芝說：「我一個人時的電話費從來沒超出過五十元，這個月卻突破了九十，這次就算了，以後超出的那部分就由你自己來出好了！」一句話氣得品芝欲哭無淚，她回敬道：「我們已經是真正的夫妻了，你竟然和我算得那麼清楚！那麼好吧，我請你付我的家務清潔費、夫妻上床費，我哪怕是個妓女也不至於這麼便宜吧？」弗雷克不解地說：「你在自己家裏做家務要誰付你錢？我們做愛時你不是也很快樂嗎？我給了你快樂你卻反倒讓我付費，真是莫名其妙！」

「流氓流氓你這個流氓！」品芝忍無可忍地罵著，順手抓起一塊抹布狠狠地擲到弗雷克臉上，哭著跑出了家門。

品芝漫無目的地遊蕩在街頭，她已無處可去，最後，只好坐在街心廣場的長椅上默默地流淚。這種日子她真的不想再過下去了，可不過又能怎麼辦？上海早就回不去了，又為了弗雷

克和妹妹鬧得不可開交，原指望弗雷克是她迷失後的避風港，哪成想……

品芝心裏正千頭萬緒理不清的時候，忽然有人拍了她一下，說：「你這是怎麼啦？」品芝抬頭一看，卻是久違了的大衛媽媽。自從搬到弗雷克那裏後，品芝就再沒見過她，在這種時候遇見大衛媽媽，品芝真是百感交集，一時不知從何說起，她緊緊握住大衛媽媽的手不停地啜泣，大衛媽媽拍著品芝的肩膀說：「走吧，有什麼話到我家裏再說。」然後不由分說，拉起品芝就走。

十八

大衛媽媽從品芝斷斷續續的講述裏，知道了她們失去聯繫這段時間裏所發生的一切，品芝哭哭啼啼地說：「想我本來在上海過得好好的，丈夫寵我、女兒爭氣，卻一念之差跑到德國來……當初若是不答應品靈來探親就好了，即使來了，簽證到期就該按時回國，搞什麼假結婚，又不聽品靈的勸，結果弄假成真……真是一步錯步步錯，我都後悔死了！」

大衛媽媽歎了一口氣說：「你也不要太自責，這樣的故事我聽得太多了。弗雷克雖然吝嗇，可他人還不至於壞到哪裡去。況且你還有個妹妹在這裏，關鍵時刻她也不會看你有難不幫。」品芝說：「我還有什麼臉面再回妹妹家？我真想離婚算了。」

135

　　大衛媽媽勸道：「你還是冷靜點吧，如果真和弗雷克鬧到離婚這一步，辛辛苦苦得來的居留也就泡了湯，你可真就一無所有了。你應該明白，你所要面臨的主要問題並不是什麼感情問題，而是生存問題。目前，當務之急是如何在現有的婚姻狀態下使你自己的經濟獨立。」接著，大衛媽媽告訴品芝，在這場婚姻中，雖然最初是弗雷克幫品芝辦居留，可弗雷克也是個受益者。因為，按照德國的稅法，結婚後弗雷克會被國家減免一大筆收入稅，顯然，這筆錢是品芝給他帶來的。所以，從這個意義上說，並不是弗雷克在白養活品芝，如果深究起來，應該是品芝沾了德國社會福利的光，如果弗雷克還是你的我的斤斤計較，品芝非但不欠他，他還應該把這筆屬於品芝的錢還給品芝呢。

　　最後，大衛媽媽給品芝出的主義是，讓品芝回家鄭重其事地和弗雷克談判，爭取做妻子在家庭中的經濟地位，讓弗雷克到銀行簽字授權給品芝，使夫妻共同擁有弗雷克銀行帳戶的支配權。品芝說：「這樣恐怕行不通，弗雷克把錢看得那麼重，別以為我要詐騙他那點錢。」大衛媽媽又說：「那就和妹妹講和，把真相和你的處境告訴品靈，然後要求作為正式受雇人員到她餐館工作，並正式和品靈簽署工作合同，照章納稅辦理各種福利保險，這樣就算將來離開弗雷克你也能自立了。別擔心，在德國生活，只要肯吃苦就能養活自己。」聽了大衛媽媽一席話，品芝的心頭豁然開朗了。

說話間，午飯的時間到了，大衛媽媽熱情地挽留品芝，她下廚房麻利地燒了一盤在魚市場買來的新鮮大蝦，又炒了一盤青菜端上桌，品芝望著盤裏紅豔豔的番茄大蝦，鼻子一酸，眼淚又流了下來。她眼前又閃現出以往徐一平為她親自烹燒海鮮的身影，那情景已恍如隔世。自從她和弗雷克住到一起後，為尊重他的飲食習慣就再沒嘗過海味。她似乎已經變成了另外一個人，早忘了自己曾經是無海鮮不下飯的。當年上海那個被丈夫嬌寵、被女兒妒嫉的小婦人已漸漸離她遠去……

十九

後來，鄭品芝聽從了大衛媽媽的勸告，真的去找妹妹鄭品靈了。姐妹倆摒棄前嫌，風雨同舟地支撐著她們在異鄉賴以生存的餐館。品芝勤勤懇懇吃苦耐勞，在廚房幫阿康切菜洗碗，在大堂配酒跑堂招呼客人，成了一個名符其實的既能上得廳堂又能入得廚房的精幹女人。

工作後的品芝和弗雷克雖還是夫妻，可經濟各自獨立互不牽扯。拋開了錢的困擾，弗雷克對鄭品芝的愛情依舊，恨不能一天到晚把「我愛你」當山歌唱，做起愛來依然由溫存到熱烈令品芝回味無窮，她再也沒提起和弗雷克離婚的事，在外人看來，鄭品芝也算是什麼都不缺了。只是她那雙手早已不再細

嫩。現在，上海女人鄭品芝的手上骨節粗大、佈滿老繭，那是她多年餐館勞碌的見證。

親不親，故鄉人
──回鄉偶記

引子

　　故鄉一別，疏忽十載，間隔了十年的光陰三千六百多個日夜，應該算得上是闊別了。這期間，那裏的白山黑土、塞北長天經常光顧我午夜的夢境。幾年前，夫君海外學成後引資回國，將中德雙方的合作基地建在了交通資訊都發達的首都，使得嫁夫隨夫的我在這十年來，雖故國常回，故鄉卻依然遙遠。

　　那年冬天，已經在北京的我本打算帶孩子回家鄉過春節，臨行的前一天，接到父親的電話，他說家鄉的冬季依然和我當年離開時一樣，天寒地凍，積雪過膝，尤其是這幾天氣溫驟降，許多家的自來水管道都被凍裂了，為保證居民節日期間的飲用水，自來水公司的送水車每天定時前來送水。你從小生長在這裏也許見怪不怪，恐怕孩子會不適應。聽父親這麼一說，我只好放棄了回家過年的打算。

　　後來，每年回到北京，家裏人就會輪流前來探望，我最牽掛的小妹雖遠嫁異國，卻和我近在咫尺，應該說這一切都會沖淡我的思鄉情懷。可在某個午夜夢回裏，我的內心仍會忽然一

陣空曠，我知道那又是想家了，可是又不明確具體在想什麼、在思念誰。

這次的故鄉之行非常偶然，說起來是緣於一個偶然的聚會一個偶然的電話還有一個似是而非的承諾。這個偶然讓我從緊張的回國日程安排裏分出來四天，在故鄉這短短四天裏，親朋故友們聞訊前來相聚，他們所滿載的一宗宗前塵舊事潮水般向我壓來，這些沉甸甸的往事記錄了我在家鄉的成長歲月，儘管有些我不願承認甚至有心遺忘，然而那些跳出來的往事卻明明白白地告訴我，我們每個人都不是憑空來到這個世界上，曾經發生的一切可以遺忘卻不會消亡，它會隱藏在內心的某個角落，有時你以為已經忘記了，卻往往在某個機緣不經意間又重現。這個機緣也許是故人不經意的一句話，也許是故園一個曾經熟悉的場景。這四天所承載的沉重還要經過多久才能被消化，我不知道，也許需要下一個十年，也許一輩子。

一、故人小雷

小雷是我這次故鄉之行見到的第一個故人。我這裏沒用朋友、同事、熟人之類的明確字眼，因為我們雖然相識十幾年，真正見面也不過四、五次，而且都是急匆匆的從來就沒深聊過。後來雖然曾有兩年同在德國，卻分住在一南一北兩個城

市，之間通過幾次電話，直到他們一家匆匆回國，也沒找到機會重聚。所以在介紹她時我只好選了「故人」這個比較含糊的詞，這裏所謂故人者，過去曾經認識的人也！

她是我丈夫老同學的妻子，當年，他們師兄弟在家鄉的高校讀博士時，他們曾共用一套學生公寓。據說他們夫婦自小青梅竹馬，又都不是當地人，所以就常把寢室當作卿卿我我的避風港。我丈夫不願當他們的電燈泡，只要小雷一來，他就蹬著個破自行車投奔到我的小屋。後來我們索性領了結婚證，既沒裝修也沒操辦，就名正言順地在我那幾坪米的小屋裏過起了小日子。這期間。我們也曾請那一對來家裏吃過家常便飯。當時，看到我們簡陋的新房，小雷的眼睛都紅了。當晚，他們小倆口就裏應外合地避開值班的校工，把學校配給夫君寢室裏的寫字桌用麻繩從三樓的視窗順了下來。出國前那段時間，我們讀書、吃飯、寫字就全靠那張桌子了。直到我們兩家相繼來到德國，我也不知道他們什麼時候結的婚。後來她隨在德國念完博士的丈夫回國，她丈夫落腳到家鄉知名度頗高的科研機構，她自己在當地的政府機構裏官運亨通，三十出頭的女人出門在外前呼後擁地風光十足。而我則隨丈夫做候鳥，寒來暑往，東進北飛。

國內的那兩師兄弟雖不在一個城市，卻同屬一個科研機構，經常有諸如專案評審、學術會議等見面交流的機會。在此之前，我就是在這樣一個場合下見到小雷的丈夫的。那是一次在首都召開的學術會議的開幕宴會上，我坐在久未謀面的師兄

身邊正寒暄著，他的手機響了，他起身出去說了一會話，回來的時候卻把電話塞給我，說：「是我夫人，她要和你說話。」我以為不過是平常的問候電話，就接過來剛要「你好我好大家都好」地客套一番，可小雷卻在電話裏開門見山地說：「聽說你回國了，想不想回家鄉看看？」我答：「家裏人我倒是經常見到，至少現在還沒這個打算。」小雷又不容質疑地說：「你回來吧，別忘了，除了家裏人，還有人在牽掛你呢。我已經託人給你訂後天的飛機票了，家裏的一切由我來安排，四天後你再飛回去參加他們的閉幕式，什麼都不會耽誤！」

第二天，果然就有人送來了飛往家鄉的機票，雖然事情來得突然，可我還是打點行裝出發了。咳，管她的，家鄉畢竟是家鄉，十年了，也該回去看看了。

那天走出機場時，塞北的疾風驟雨撲面而來。風雨中，我睜大雙眼，在接機的人群裏努力搜尋著小雷，直到此時我才猛然警醒，其實記憶中早已模糊了她的模樣，不知道她是否還能認得出我。

「姐、姐，我們在這兒呢！」這時，聽見弟弟喊我的聲音，循聲望去，只見弟弟和弟妹正向我迎來，和他們夫婦在一起的，還有一位身著皮衣長裙、身材高佻的幹練女人，她搶先一步迎上來握住我的手滿懷熱情地搖著，同時嘴裏不忘寒暄，那聲音的確是電話裏早就熟悉的小雷。在這種相逢的氛圍下，我硬是是把已到嘴邊的「我幾乎認不出你了」的大實話生生地

吞了回去，也就順水推舟地隨聲應和，只當是舊友重逢。同時，也暗自佩服她的聰明，竟然想得出事先和我家裏人相約前來，避免了大家「相見不相識」的尷尬。

隨後，小雷便對弟弟夫婦盛情相邀，說她已安排好了我的住處，是科技城裏一家星級酒店，今晚她將在那裏設宴為我接風洗塵。弟弟剛要爭辯，她又搶過話頭說：「我知道你們家裏人也在等著她，可這次是我專程把你姐姐請回來的，所以這第一站一定得由我安排，反正你們家人之間見面的機會還多著呢。」通情達理的弟妹接過孩子說：「既然這樣，我們就先把孩子們帶回家，你們就安心敘舊去吧，吃過飯給我打電話，我們再過去接你回家。」這樣也好，我和孩子就乘小雷和弟弟的車分頭而行了。

一路上，小雷不停地對著窗外車水馬龍霓虹閃爍的景色指指點點地解說著，哪裡是新開發的商業區，哪里又是改建的居民樓……記得十年前這裏是一大片荒涼的土地，如今已人是物非，看到家鄉越變越好，真是令人欣慰。

晚飯時，在酒店的餐廳裏，我們守著滿桌的家鄉美食感慨著、唏歎著，小雷卻一臉的興奮，不停地斟酒舉杯，一套套的祝酒詞脫口而出，語言華麗流暢，我相信如果把每一段祝酒詞連綴起來，肯定不亞於一篇散文詩。我不禁對小雷刮目相看，過去只當是她在官場上八面玲瓏才吃得開，沒想到此女竟有如此好的口才。看來我在外多年，家鄉連喝酒的規矩也改了，不

行酒令得出口成章了，而且是不用過腦子不用對著電腦字斟句酌，張口就來，十年的域外生活已使我喪失了這方面的語言功能，只有甘拜下風。為掩飾自己的無言以對，她一端杯，我也不廢話，立馬喝酒。

酒過三旬，我們都已經臉色微醺了，這時，小雷問我：「還記得你們剛結婚時的小屋嗎？」「當然記得，打我記事時就是那間小屋的主人，想忘記都難。只可惜老房子已經拆遷，聽家裏人說，在當年只住四戶人家的二層小樓的房址上，早就蓋起了十幾層的公寓樓。」說到此，我不勝感慨。小雷又說：「那天，我從你那間巴掌大的『新房』出來時，心裏就暗暗發誓：有朝一日，等我狀況改善了，我一定將你引為知己，和你一醉方休，以報你的知遇之恩，這個機會今天終於被我找到了！」說著她又端起酒杯向我示意了一下，然後自顧自地一飲而盡，接著又將酒杯斟滿。我忙起身阻止她：「快別再喝了，都滿嘴醉話了，當年我們結婚匆忙簡陋和你又沒關係，何來什麼知遇之恩需要報答？」

聽了我的話，小雷把酒杯往桌上一頓說：「怎麼能說沒關係？關係大了！早就看出了你是個超然物外、心性隨意之人，當年正是你的隨意才無意中成全了我的心願。你還不知道吧，其實我們結婚登記比你們早得多，當時就是因為沒有住房而遲遲不能堂而皇之地做夫妻。雖說有學生公寓房，可那是屬於他們師兄弟兩個人的，那個年代，學校裏因為適齡青年結婚搶房

子，同門師兄弟反目、同窗好友翻臉成仇的事真是屢見不鮮。我們知道那時你們也在緊鑼密鼓地張羅結婚，而你家兄弟姐妹又多，很可能也在打這間公寓的主義。我家大楊不忍心因為這件事傷了老同學之間的感情，所以一直隱瞞著我們實際上已經是合法夫妻的事實，只想等時機成熟後他們兩人再商量。那時，年輕的我一心想做他的妻子和他過最普通的日子。可是，我們竟然連一間屬於自己的完整房間都不具備。恰在此時，你們突然宣佈結婚了，婚房就是你平時住的房間。這樣他們二人那間公寓，就自然而然地屬於我們了。得到你們結婚的消息，我當時就搬了過去，和大楊在屬於我們的天地裏名正言順地過起了小日子。我們還添置了一些傢俱，把這間還算寬敞的公寓房佈置得溫馨實用。後來在你的小屋裏，我又一次受到了震動，那是我此生見過的最簡陋的新房，而正是這間簡陋的新房，此時卻成全了我此生最大的心願……」

「原來如此！」

佛說：看山是山，看水是水；看山不是山，看水不是水。想當年，陷於熱戀中的我們因一心要躲到二人世界裏卻無意中成全了他人的美事；因年少不諳世故以陋室充「新房」，又被人當作超脫練達的楷模存於心間，這期間的因緣結果誰能說得清呢？

二、大表姐

　　記憶中的大表姐非常漂亮，她的父親我的姨父是高幹，所以她從小就有很強的優越感。雖然她生長的那個時代多災多難的，但有她父親這棵參天大樹的遮擋，那些疾風驟雨顯然拍打不到她的身上。轟轟烈烈的上山下鄉運動被她趕上了，可就在她的夥伴們打起背包到農村接受再教育的時候，她卻穿上了軍裝，當上了一名在當時人見人慕的女兵。後來，當他們那一代人在回城大潮、恢復高考的獨木橋上熙熙攘攘你推我攘的時候，大表姐不動聲色地轉業了，在姨父屬下的機關裏當上了一名政府公務員。那時似乎還不叫這個名稱，總之是個讓普通人望塵莫及的美差。

　　再後來就改革了，開放了，一部分人先富起來了。在這先富起來的人裏大體分兩種，一種是那些無業的小商小販們，本來就見縫插針地從事著被政府打擊的投機倒把活動，如今卻一夜之間合法化了，他們簡直是如魚得水，又不惜餐風露宿，雖腰包漸鼓但層次依舊。另一種就不能同日而語了，他們是那些政府高官的子女們，上有老子撐腰，下有錯綜濃密的關係網，雖看不見他們風風火火地做什麼生意，可他們牌局不斷、飯局不斷、電話不斷，一樁樁大生意往往就在吃喝玩樂談笑風生中成交了，他們才是改革開放初期真正富起來的人。當時，姨媽姨父就為正值婚齡的表姐選了這樣一位乘龍快婿。

當年，表姐的婚姻可謂震驚了整個家族，平時懾於姨父的威嚴而疏於來往的親戚們紛紛藉此機會前來，藉恭賀新人之名行哈依奉承之事。眾人圍繞著貌美如花的表姐和她那灑脫英俊的新婚丈夫讚不絕口。我那時混沌初開，和表姐相比簡直是醜小鴨一個，只能站在遠處翹首打量著這對受人矚目新人。此時此刻，我並不關心他們那些被眾人津津樂道的所謂門當戶對的家庭背景，只被表姐身旁那位玉樹臨風、舉手投足間盡顯風流的表姐夫所吸引。我向來從心裏瞧不起那些靠老子權勢起家的紈絝子弟們，可眼前這位似乎與眾不同，他身上沒有表哥們目空一切的狂傲，鼻樑上的那副金絲邊眼鏡倒為他平添了些斯文儒雅。從親友們的閒談中我得知，表姐的如意郎君除了是身家不菲的衙內外，下海經商之前竟然還是當地一所名牌大學哲學系的講師，如此說，他至少是研究生畢業。怪不得！羨慕表姐的同時，內心又頗為不服，表姐雖如公主般美麗尊貴，可書沒讀幾天，滿腦子想得是吃喝玩樂梳妝打扮，如果撤掉罩在她身上那些外在的光環，除了那張美麗的臉蛋，還有什麼地方配得上氣質不俗的他？當時，我就暗下決心，將來，我一定要嫁個比他有學問比他還帥的丈夫，若不如此，真是枉讀了滿腹詩書！可見我當初的心態有多偏激多幼稚，等真正意會到現實中的婚姻很可能和學問無關、和詩書無關、甚至和偉大的愛情都無多大關聯的時候，怎奈已過了如夢如花的歲月。

　　婚後的表姐愈發嬌美動人，只是掩飾不住日益凸顯的肚子，就在好事的親友們擺弄手指為她測算中標日期應是婚前還是婚後的時候，一個胖呼呼的小女嬰已呱呱墜地，大家的注意力被及時地轉移了，都忙著送雞送鴨又送蛋地道喜慶賀，從此誰也不再議論這個話題。

　　當了母親後的表姐早已經不上班了，每天把孩子往保姆懷裏一塞，就忙著把自己妝扮得漂漂亮亮的，然後找一班和她一樣有閒又有錢的人來家裏設牌局，有時也出去跳跳舞唱唱歌，每次見到她都是一副慵慵懶懶的樣子，似乎她比誰過的都滋潤又好像她比誰過的都無聊。

　　大學畢業前夕，同學們為自己謀求個好差事，都在蠢蠢欲動四處出擊。那時在家族中顯赫一時的姨父早已經退居二線，情急之下我想到了大表姐。雖然父親的光環在她頭上已不似昔日耀眼，可多年來她身邊向來不乏神通廣大之流，也許在我看來頗費周折的事只須她在牌桌上輕描淡寫地一句話就解決了。那天登門造訪，她在牌桌上嘩啦啦地洗牌碼牌興致正濃，我坐到她身邊時，她連眼皮都未抬一下，一邊出牌一邊和牌友們說笑，間或盯著手中的牌懶懶地甩給我一句：「表妹，姐姐我不是不幫你也不是不能幫你，只是不願意欠人情。你想啊，他們今個幫我表妹安排個好工作，明個又不知厚著臉皮讓我給他們辦什麼事了。依我看，你一個女孩子家，長得又不難看，忙著找什麼工作，不如趁年輕，我給你介紹個高幹子弟先處個

朋友吧，上次在我這兒遇見的那個孟部長的兒子怎麼樣？人家可是對你一見鍾情，每次來都問起你，別看他個頭不高，可生意做得大，連日本都有分公司呢。」這時一個女人插嘴道：「孟部長的兒子不是上個月剛結婚嗎？又離了不成？」表姐不屑地說：「三天兩頭換老婆的是他家老二，我表妹是大學裏的才女，他才配不上呢，我說的是他家小三兒，大學畢業後去日本進修的那個。」他們正你一言我一語地議論孟部長家事的時候，我已經默默地溜了出來，如果再待下去，也許就會被他們盤問出我已經有了心愛的男朋友，他雖然學習成績出類拔萃，家鄉卻在遙遠的邊陲小鎮，我怕他們那看怪物似的眼神和一驚一乍的尖叫聲。

雖然在找工作交男友上我和表姐話不投機，可婚後不久，我在辦出國和丈夫團聚的手續遇到麻煩時，還是表姐的一個電話幫我解了圍。從此，跨出國門的我再沒有機會和她見面。

一天，我突然接到小妹從國內打來的電話，她問我：「你還記得姨媽家漂亮的大表姐嗎？她現在遇到難處了，向我要你的地址和電話呢。」我忙問究竟發生了什麼事，小妹歎了一口氣說：「真是十年河東十年河西，誰能想到當年在我們眼裏公主一樣嬌貴的大表姐竟然淪落到如此地步呢？」通過小妹的敘述，我知道了在我出國以後發生在大表姐身上的故事。

表姐在牌桌上、在舞廳裏、在飯局上不分晝夜不動聲色地拋撒著她美麗的青春，她喜歡這樣無憂無慮的日子並心安理得

地享受著。直到有一天，一絲隱隱的不安從她並不敏感的心頭掠過，因為那些追捧她的人閃爍其詞地告訴她，她那隨著年齡和財富的積累，越發穩健優秀的丈夫似乎另有所愛。表姐這才意識到，不知從什麼時候起，丈夫已經很少回家，他們有很長時間沒有照面了。她不是一個心胸狹窄的女人，從來就沒往歪處想自己的丈夫，他們兩人一個忙著大把大把地賺錢工作，一個忙著大把大把地花錢享受，可謂各得其所，她並不認為這有什麼不妥。這個丈夫雖然優秀得無可挑剔，可表姐似乎從來沒有神魂顛倒地愛過他，也許是因為在自己情竇初開，還未來得及品嘗愛情為何滋味的時候，雙方父母就一拍即合地把他們結成了天造地設的一對夫妻。雖然在他們幾近完美的婚姻在我看來似乎缺少了戀愛的瑰麗色彩，可表姐卻不覺得，因為向來她就不習慣去愛別人，只有別人愛她寵她就足夠了。說心裏話，表姐其實並不懼怕離婚，大不了回娘家還過以前那種千金小姐的日子。再說，以丈夫的萬貫家底，諒他也不敢鬧到離婚平分財產的地步。反正不管別人怎麼說，只要自己優裕的生活不受影響，管他那麼多！這樣一想，表姐反到平靜了。

本來，表姐這個美麗而又簡單的女人只求享受生活，還未想過搞點什麼豔遇來享受愛情。誰知，樹欲靜而風不止，不主動追求愛情的她竟然被突如其來的愛情追得無處藏身。對方是她在舞廳新結識的舞伴，年輕英俊又風度翩翩，一副為表姐的風采所癡迷的樣子，整天追在表姐身邊說著浪漫溫馨的情話。

終於在一場午夜歡宴之後，那個多情舞伴將表姐護送回家，然後並不急於離開，而是把醉意闌珊的表姐擁在懷裏百般溫存，千般愛撫，表姐那被丈夫冷落多日的曼妙身軀，此時恰如久旱的仙株草渴望甘霖的滋潤，那一夜，表姐那張綿軟的婚床上承載了數不盡的雲雨激情。

有了愛人呵護的表姐久久地沉浸在幸福的旋渦中，她心裏對丈夫不但沒有愧疚，甚至還有一股報復的快意，假如丈夫來興師問罪時，她甚至把回敬他的話都想好了：誰讓你不回家來愛我的，你不愛我難道還不許別人來愛我？你在外面胡鬧我不是也沒追究嗎，索性我們就這樣互不干涉地照過平穩的日子吧！

表姐哪裡會想到螳螂捕蟬麻雀在後呢？她真是低估了丈夫那鑽研過哲學的智商。

表姐的丈夫終於露面了。他不是一個人回家的，同時出現的還有一位自稱是她丈夫律師的陌生人。丈夫一句多餘的話都沒說，只從皮包裏拿出一盤錄影帶放進機器裏，表姐根本不知他葫蘆裏究竟賣的什麼藥。不一會兒，電視螢幕上就出現了清晰的畫面，只見裏面是赤身裸體的一對男女在肉搏在呻吟在喘息，畫面隨著表姐夫手中的遙控器在不停地急進和倒退，那是一男一女從調情到上床做愛的全過程，特寫鏡頭纖毫畢現，背景就是表姐的臥室，不用說，那兩位比三級片演員還放蕩的男女就是表姐和她那心愛的舞伴……

此時，表姐徹底地崩潰了，她跪在丈夫面前不停地撕扯著自己的衣服無淚地乾嚎著，也不知哭了多久，只聽丈夫冷冷的聲音好像隔著幾層雨幕傳過來：「事已至此，我只能和你離婚，如果你開條件，錄影帶就得由我來保管，這裏面的內容也許明天就會在你的父母和朋友中間流傳。當然，你也可以把它拿走我絕不備份，畢竟那不是什麼光彩的事。當然孩子還是最好跟你，撫養費我會一次付清。我的條件只有一個，拿著這盤帶子和你的隨身衣物立刻在我面前消失。」這時，那位律師不失時機地遞上了離婚協議書，表姐顫抖著手簽上了自己的名字。此時，她的頭腦一片空白，早已經沒有了判斷能力，只想儘快脫離這個令她窒息的環境回到父母溫暖的家裏。只聽她不停地說：「我答應你我什麼都答應你，你讓我走吧讓我走吧……」

表姐就這樣帶著小學即將畢業的女兒，灰溜溜地被丈夫趕回了娘家，除了孩子那點為數不多的撫養費，她什麼都沒得到。不出一個月，姐夫就在曾經屬於表姐的豪宅裏迎回了他那挺著大肚子的新人，不久，新夫人給他生了個兒子。

表姐這邊，自從離婚後再也找不到那位多情舞伴了。很顯然，在這場鬧劇中，他只不過是姐夫花錢雇的一個主要演員，真正的幕後導演應是那所豪宅裏的新郎倌兒。在官場上早已失勢的姨父姨媽眼見心愛的女兒遭受如此屈辱又百口莫辯，而這一切的始作俑者又正是他們自己。年事已高的二老經受不住這樣的打擊，沒多久就在抑鬱中相繼過世。

聽了表姐的遭遇，我毫不猶豫地對小妹說：「讓她和我聯繫吧，我一定會盡力幫她！」幾天後，表姐果然來信了，她在信上說想離開傷心地，有意嫁到德國來，託我幫他找個事業有成年貌相當的如意郎君，而且最好是中國人，這樣的話溝通起來方便了就不用學德文云云。我想表姐還不到四十歲，若真想嫁出來也不是沒有可能，只是她這怕吃苦圖享樂的個性得改改，既然是生活在德國，將來無論是嫁給中國人還是德國人，德語總是要學的，這是邁向新生活必不可少的開端，世上哪有免費的午餐！我寫信把我的想法婉轉地告訴了她，並提議，先別說嫁人不嫁人的，可以先出來散散心，看看這邊的實際情況再作決定。收到我的信後，她很高興，很快打來電話囑託我幫她辦手續，那架勢恨不能一步邁出國門。我不敢怠慢，一連幾天忙著給她發邀請、出證明、買保險，一應手續迅速辦妥後，卻再也等不到她的下文。後來還是小妹來電話說：「大表姐讓我轉告你，她不想去德國了。」我忙問：「還缺什麼文件嗎？」小妹說：「文件倒是沒問題，是她到北京簽證時嫌人多天熱，懶得排隊，只在北京玩了幾天就回來了。」既然經歷了生活動盪的大表姐生性依舊如此，我也無話可說。

這次回到家鄉，因逗留時間短，也沒打算和大表姐聯繫。

那天，我外出辦完事回到酒店時已近午夜了，在穿過前堂大廳時，忽聽有人喊我的名字。循聲望去，只見休息室的沙發上站起兩個人，那個身材高挑長髮披肩的少女我看著雖眼熟

卻真的不認識，少女身旁是一位腰身發福的大嫂，臉上敷了厚厚一層化妝品仍遮蓋不住滿面細碎的皺紋。見我狐疑的樣子，大嫂快步迎上來抓住我的胳膊興奮地嚷道：「難道就不認識我了？表妹，我可是一眼就認出你了，十年來你沒怎麼變嘛。回來了也不提前打聲招呼，若不是今天遇到小妹，我還找不到這裏！」這聲音我再熟悉不過，是大表姐！望著四十幾歲就一臉滄桑的大表姐，想起當年她在牌桌上美麗慵懶的樣子，我心酸的淚水滾滾而落……顯然，身旁這個眉眼酷似當年大表姐的少女就是她的女兒，記得我出國時她還是個胖呼呼的小女孩，如今已出落得婷婷玉立了。

閒談中，我關心地問起大表姐的現狀，她告訴我，雙親故去後，給她留下一些存款和一棟公寓，平時女兒住校，她只給自己留一間居住，把剩餘的房間出租。「日常開銷夠用嗎？」我問。「夠了，不用上班，餘下的錢還夠我打幾把小牌的呢。」表姐心滿意足地說。

見我打量著她身邊的女孩，大表姐把女兒拉到我面前說道：「湄湄外語學院就要畢業了，前兩天逛街被星探發現，非讓她去拍電影。我不放心，她自己也不願意。這孩子的性格一點不像我，沒事就愛捧本書看，把眼睛都看近視了，真不知道有什麼好看的？本來想趁年輕漂亮給她物色個好婆家，可她連正眼都不瞧，非要和在學校處的那個男朋友出國讀書，男孩家很窮，跟他出去不吃苦才怪。我說她這點倒有點像當年的你，

這不就非纏著我要來見你。」這時，湄湄沖我朗朗一笑，說：「姨媽，我不怕吃苦，只要快樂就好，只有自己努力創造的生活才快樂，不是嗎？」我若有所思地點點頭。

眼前這對母女雖然有著相似的容貌流著相似的血液，可我相信，大表姐的女兒一定會擁有和她母親不同的人生。都說性格決定命運，可大表姐的命運究竟是由什麼決定的呢？

三、徐老弟

四天的時間在親朋老友的盛情款待中飛快地溜走了，就在我即將啟程回北京時，小雷又執意為我設宴餞行。我說，時間已經很緊張她工作又忙，就不麻煩了吧。小雷卻神秘兮兮地說：「其實，為你餞行的不是我，另有其人，這次請你回來我也是受人所託呢。」我好奇地問道：「誰呀？搞得這麼神秘？」小雷笑著說：「自然是牽掛你的人。」見我不解的樣子，小雷道：「還記得那天電話裏我對你說的話嗎？去了你就知道了。」

我滿腹狐疑地乘小雷的車來到約好的飯店裏，預定的餐桌旁已經有一位四十開外的男士就坐了，只見他一副成熟穩健的模樣，見我們進來也不起身相迎，嘴角掛著一絲意味深長的微笑，就一直這樣笑著看我們走近。我心裏不禁嘀咕：「誰呀，

這麼能擺譜？」直到他指著身邊的座位開口說話：「怎麼，不認識你弟弟了？」我不禁驚叫起來：「徐老弟，怎麼是你呀！你怎麼知道我回來的？」這時，一旁的小雷說：「他是我表哥，很久沒聯繫了，前一陣子我們的外婆過世，我們回老家弔唁才又遇到，說起來竟然都認識你，他就提議找機會一定把你請回來。這個世界就是這麼小！」

其實，徐老弟並不老，也不是弟弟，說起來還比我大兩歲呢。我們共事三年來，我們之所以姐弟相稱，也是說來話長。

自從我大學畢業後來到這個充滿文化氛圍的新單位起，就有一個挺拔的身影不時地出現在我的面前，他就是比我早來幾個月的徐楓。在這所北方著名的高校裏，每個教師即使不是博士也得頂著碩士的頭銜，教授講師更是成群結隊，就連辦公室裏隨便一個普通的工作人員最低也得是大學畢業。上個世紀的80年代末90年代初期，別看那個群體的知識層次高不可攀，可外表往往是任性隨意的，到處可見西裝配著旅遊鞋穿的老夫子們，穿著深淺不一的兩隻襪子來上課的老師也屢見不鮮，說好聽的是知識份子的灑脫，苛刻點說就是老九的邋遢和酸腐。在這群人中間，身材挺拔，著裝得體的徐楓格外扎眼，不管天氣多麼炎熱，他的淺色襯衣都是用寬皮帶紮進筆挺的西褲裏，就算是臉上掛著細密的汗珠，領口也永遠是清爽潔淨的。還有他一塵不染的辦公桌，怎麼看都不像是一個25歲男孩子的領地。

我任職的系辦是個新建的部門，主任是剛從美國回來的

一個五十開外的華僑女教授，據說完全是美式的管理方式，對屬下要求極其嚴格，短短一個月內，就已經更換三個助手了，我就是那個初生牛犢不怕虎的第四任。高校裏老師們都不坐班，平時辦公室裏就我一個人在處理日常事務，由於是新部門新人手，我的電話還未接通，所以上任很長一段時間以來，我隔壁院辦秘書徐楓桌上的電話幾乎成了我的熱線，而徐楓，自然而然地也就成了我的專職傳呼人。那時假期剛過，暑熱還未散盡，各個辦公室的門都大敞四開著，如果是別人傳呼電話，往往直著嗓子在走廊裏喊一聲就聽見了，可他每次來叫我接聽電話時，程序卻一板一眼的有條不紊：堅定沉穩的方步由遠及近地踏過來，不管我辦公室的門是否開著，他都要不緊不慢地叩擊兩下，然後禮貌而又生分地叫道：「小黃老師，你的電話！」待我起身後，他就是一個標準的軍人向後轉動作，然後又不急不緩地方步踏回去。每到這時，我都在心裏暗笑他：「裝哏」，可惜那時還沒有時下流行的「扮酷」一詞，否則我一定會毫不客氣地給他冠上去的。

有一天，資料室的一位快退休的女老師拉住我急急地問道：「小黃呀，你報到那天和你一起來的小夥子是你哥哥嗎？你們兄妹長的可真像呀！」我雖然心裏暗笑：「什麼眼神呀，把我老公硬說是我哥哥。」嘴上還不得不應付她：「是呀是呀，就是我哥，也在咱們學校，正讀博士呢！」女老師一聽，更來勁了：「是嗎？他還沒有女朋友吧？我侄女師大藝術系剛

畢業，人很漂亮呢，要不我哪天把她領來讓你當妹妹的先過目？你滿意就好辦了，將來姑嫂關係也好相處。」聞聽此言，我剛喝進的一口熱茶差點沒笑噴出來，忙吱唔道：「不忙不忙，我得回家先問我哥。」女老師還是不依不饒：「那你自己還沒有男朋友吧？有很多熟人託我在學校裏幫他們的兒子物色女朋友呢，你喜歡什麼樣的告訴大姐。」從那以後，類似的熱心人不斷地向我提出這個問題，都被我設法搪塞了過去。也不怪這些熱心的老師，她們哪裡知道，在高校這個晚婚晚育的大環境裏，我可是個早婚模範，早在兩年前，母親突然病故，男友又要赴美留學，為了出國探親方便，我只好在還沒出校門時，就找門路和他秘密登記結婚了。誰知老公千辛萬苦地辦下了留美的手續，一陣學潮又把他給滯留在國內。我到單位報到時，正是他牽著我的手陪我一起來的。那天，又是一位大姐正和我說著這類的閒話時，徐楓不知何時插了進來問道：「你聽你哥的還是你哥聽你的？」我順口回答：「當然是我聽他的，我母親去世後，我就把他當做家長了。」

　　當天一下班，我就故意肉麻兮兮地衝老公叫：「哥呀，哥！跟你說個事。」老公一臉的不耐煩：「去去去，又犯病了不是？你能有什麼好事！」待我嘰哩呱啦把白天在學校裏發生的笑話講完後，老公半真半假地歎道：「唉，看來我是結婚太早了，得錯過多少風景呀！」我不服地回敬他：「你以為就你錯過了大好風景，我還錯過了呢，現在後悔來得及呀，反正我

158

們結婚我單位的人還不知道呢，走出這個家門，23歲的我照樣還是妙齡少女！」也不知道這場爭論是怎麼平息的，反正那個時候，仗著年輕氣盛，這類根本就論不出個輸贏的話題沒少鏘鏘。

沒多久，學校裏各個部門之間的籃球錦標賽就拉開了帷幕，那場白熱化的冠亞軍爭奪戰竟然在我所在的經管院和老公所在的理化院之間展開，我方的主力灌球手就是徐楓，而對方的主力卻是我那眾人眼中的「哥哥」──我那尚未公開身份的老公。整場比賽，我坐在觀眾席上，看著他們激烈地爭奪廝殺，眼睛和心都被這兩個年輕矯健的男人吸引著，實在不知該偏向哪一方，誰得分我都狂呼叫好。到後來，徐楓越戰越勇，閃躍騰飛頻頻得手，尤其在跳起來投籃的一霎那，動作乾脆俐落得就像一隻獲取獵物的老禿鷹，雖然這個比喻放在平常這個目不斜視的美男子身上有失文雅，可很多年以後，我一想起他在賽場上的勇猛，首先映入腦海的印象還是老禿鷹。以老公為首的理化院學子隊眼看就要大勢已去，這時就聽見身邊有人議論紛紛：

「經管隊的那個小夥子真是好身手，是新來的吧？哪裡畢業的？」「他不是大學畢業，而是從北京部隊轉業來的，聽說還當過中央某大首長的警衛員呢，本來給安排到地方當幹部，可他偏偏嚮往高校的生活，寧可到這裏從底層做起。」

「沒上過大學竟然能到這個地方來也不容易了，肯定有強硬的後臺，還沒結婚吧？」

「連女朋友還沒有呢，小夥子眼光高得很，一心要在高校

裏找，可留校的姑娘要麼書呆子氣十足，相貌平平，要麼心高氣傲，人家也要找個學歷相當的。所以，他的個人問題也不那麼容易解決。這不，前一陣子，他們院進新人，聽說他主動請纓去市裡調檔案，同去的人回來還打趣他說，這回徐楓可是公私兼顧了，在應聘女孩子的檔案中挑挑揀揀，終於找到一個遂心順眼的，恨不得把人家的照片吸進眼睛裏帶回來。」

「哦？有這事兒？那後來他們怎麼樣了？」

「後來的事就不知道了……」

我聽到這裏再也坐不住了，莫非自己就是徐楓那個「以權謀私」甄選出來的女朋友人選？他如果知道我雖然年紀輕輕卻已經具備了近兩年的妻齡，該怎樣看我？他會不會告發我對組織的欺騙？天吶，我該如何向他解釋？趁著冠亞軍的隊員們相約去飯店把酒言歡的當口，我慌忙逃回家裏。

那天老公很晚才醉意闌珊地回來，他拉著我的手直著舌頭告訴我：「今天你們院辦那個徐楓可是喝多了，一個勁地與我稱兄道弟，最後你猜他借著酒膽要幹什麼？」

「天呀，該不是要和你單挑打架吧？你可得離他遠點，我剛聽說他可是剛從部隊上下來當過警衛的，打架你哪里是他的對手？」

「你想到哪去了？打哪門子架呀！他是真把我當成你哥了，口口聲聲要我作主，把你嫁給他，說你告訴過他，你就聽我的。唉，你要真是我妹妹就好了，就憑你看他進球時的癡迷

樣，我也會成全你們！」

「你們這些臭小子，竟戲弄人，不理你了！」我假裝生氣地嗔怪道。

「放心，老婆是我的，豈容他人惦記？為絕了他的念想，我索性在酒桌上把我們的關係公開了，你有點思想準備，明天上班時肯定會有人審你的。」

第二天，當我忐忑不安地邁進辦公大樓後，發現事情並不像我想像的那麼糟，原來還是西方思維方式的系主任為我極力開脫，她對有關院領導說：「小黃再年輕也是達到國家法定的婚齡了，結不結婚那是她的私事，只要沒耽誤工作，我們最好就不要再追究了。」所以，我只填了一張計劃生育的表格就被予以放行。只是從此，身邊再沒有熱心老師們的竊竊私語和拉郎配，清靜的同時也有點落寞。

那段時間，關心徐楓的人又猛然多了起來，那些老師們似乎看不得身邊有這麼一個挺拔的小夥子形隻影單，非要在短時間內給他安排出去似的，時不時在下班前三姪女、四表妹地往徐楓的辦公室裏引薦，直搞的徐楓整天神經兮兮地東躲西藏，有一天，他看到某女老師領著一位女軍人上樓，慌得他竟然一閃身蹩進了我的辦公室，然後動作麻利地回身把門反鎖上，衝我做了一個別出聲的手勢。不一會兒，就聽那位大姐在走廊裏大聲呼喊徐楓的名字，我倆強忍住笑，誰也不敢出聲。我側身站在窗前，幫他看著外面的動靜，直到看到那位漂亮的女軍人

走出大門，示意他可以出去了。這時，卻聽到那位大姐在走廊裏和別人說話，聲音在下班前空曠的走廊裏顯得格外地清晰洪亮：「我表妹是文藝兵，論身材論長相哪點比不上小黃？徐楓也不拿鏡子照照自己，小黃能看上他？他除了長的帥氣連個拿得出手的學歷都沒有，還狂個什麼勁呀！」聞聽此言，我和徐楓尷尬地面面相覷，我急得眼淚都快出來了，無力地辯解道：「徐楓，我沒有……不是她說的那樣……你真的挺好的，可我真的是……」徐楓瀟灑地做了一個暫停手勢打斷我說：「我明白，以後給你當弟弟好了，我要有女朋友就讓你把關，誰讓你結婚早比我有經驗的？」我說：「好呀，我還頭一次聽說不論年齡論婚齡的姐弟呢，叫你哥哥吧，顯得怪肉麻的，可叫弟弟吧，你又明顯比我大兩歲。」他說：「是呀，我比你老，你就叫我老弟好了。姐姐你等著，別以為就你家博士優秀，我還年輕，又置身在學府裏，就不信學不出來！」從那以後，我們人前人後也不避嫌，姐姐老弟的一個喊著順口，一個應著痛快。徐老弟的誓言也沒落空，工作之餘，忙著到處聽課培訓，三年後我出國時，他已經考下了管理學本科的文憑。幾年後我回國探親再遇見他時，他在職研究生也讀下來，早已經被提升為院辦主任了，此乃後話，暫且不提。

由於這層特殊的姐弟關係和徐老弟對我的信任，我身上似乎無形中多了一份責任，從幼稚園裏打小的朋友到大學同學甚至七姑八婆家的表姐妹，只要還是自由身的我都變著法地把徐

老弟推銷給她們，也不知是哪個環節出了問題，反正忙活了半天都是不了了之。一天下班前，徐楓來到我的辦公室神情興奮地問我：「可不可以比別人晚走一步？」我說：「當然可以，你有什麼好事要告訴我吧？」他臨出門之前故作神秘地說：「到時候你就知道了，下班後你等我就是。」

待大家陸陸續續都離開辦公大樓後，果然徐楓環著一個身材高挑衣著時髦的漂亮女孩進來了，他向女孩介紹我說：「這就是我向你提起過的姐姐，小我兩歲的姐姐！」「姐姐好！」女孩看上去雖然與我年齡相仿，卻帶著一臉甜美的笑容落落大方地和徐楓一起稱呼我「姐姐」，我也不客氣，打趣他們道：「我沒猜錯的的話，這位就是我弟妹的人選吧？」徐楓一臉幸福狀地應到：「是呀，認識有一陣子了，沒把握咱也不敢擅自亮相呀，直到她說要嫁給我，這不就給姐姐帶來過目嗎？」女孩嘻嘻笑著，一記粉拳捶在了徐楓的後背上。原來，還是徐老弟自己在負責成人高考班的工作時，近水樓臺和這個在外貿公司作秘書的漂亮女學員好上了。女孩一聲「姐姐」喊得我一時竟然不知怎樣才能無愧於這個稱謂了，情急之下從抽屜裏拿出一個精美化妝盒贈給這個未來的準弟妹，看到她眉開眼笑愛不釋手的樣子，我心裏直為自己叫屈，那可是老主任從美國帶回來送我的名牌貨呀，我一直都沒捨得用的。

沒多久，他們的愛情就修成正果了，徐楓的人緣好，院裏幾乎所有的老師都參加了他們隆重又熱烈的婚禮。婚後，徐楓經常一副春風得意的樣子來與我分享他的幸福，有時說：

「姐，你知道嗎？她說要給我生個兒子呢，我的哥哥們個個生兒子，我倒想要個女兒。」有時又說：「姐呀，我給她買了一件高檔時裝，你不知道，昨天她穿著走在大街上有多少回頭率，當時我都不敢相信，身邊這個美女竟然就是自己的老婆！」沒多久，徐弟妹就懷孕了，而且反應很強烈，連班都上不成，更別說煮飯洗衣了，徐楓經常沒到下班時間就急匆匆地往家趕，忙著照顧他的嬌妻去。

那個夏天，老公已經遠赴德國留學了，我申請探親的護照卻遲遲不被批准，託人找的關係不收紅包偏偏提出要我陪著打麻將，我一來對這項娛樂活動沒興趣，二來心裏害怕，不知牌桌上都是些什麼人，他們要折騰到多晚，心裏嘀咕又不敢拒絕。那個年代，一心要邁出國門的我，哪敢得罪這些掌管我出入境大權的人呀！連日來，我為此焦慮不堪，神情恍惚工作不斷出錯，沒少挨主任的嚴厲批評。那天，我又接到了「關係」約出去我打麻將的電話，電話先是徐楓接的，我正對著話筒支支吾吾不知該如何作答，一邊的徐楓早已聽得明白，只見他在紙上走筆龍蛇飛快地寫了幾個字伸到我面前：「別為難，我陪你去！」我心領神會，馬上答應了對方下班後趕赴牌局的請求。放下電話，徐楓說：「你等著我，我回家安頓一下就來。」不等我回答，他已經一陣風似的離開了。等他再回來時，換了一身休閒夾克，頭髮也梳理得紋絲不亂，竟然有一些社會的味道。我笑道：「還從來沒見過你這副裝扮呢，弟妹一

個人在家能行嗎？」他說：「別擔心，我已經打電話給她媽了，她很快就會過來。姐姐有難處，我不能袖手旁觀，別讓那幫傢伙欺負我們娘家沒人！」我仍然心有顧慮：「我該如何向他們介紹你呢？」他乾脆地說：「什麼都不必說，隨他們怎麼想，打麻將我在行，到時你看我的，見機行事！」

出乎我預料的是，平日裏不苟言笑的徐楓和那幫傢伙一照面，就稱兄道弟一幅自來熟的勁頭，從不吸煙的他還從夾克兜裏摸出兩盒萬寶路隨意地甩在牌桌上，一邊稔熟地打牌一邊和他們一樣插葷打科地說笑，還抽出一顆煙叼在嘴角。當他們起哄讓我入桌時，他竟然油腔滑調地說：「她呀，不用上手，只要看著我玩就心滿意足了。」然後衝我不容置疑地說：「過來，挨著我坐，給哥哥帶點運氣來！」我依言坐過去，暗笑他的煞有介事，大家看到這個勢頭，也就專心牌局，不再和我糾纏了。那場酣戰一直持續到深夜才散，一結算，徐楓還是個大贏家，他執意要請大夥消夜，酒桌上，推杯把盞當中，他就把我取護照的日期敲定了。

回家的路上，夜風習習，我和徐楓說說笑笑，心情少有的輕鬆。他說：「今晚我那樣對你，可是作秀給人看的，我就要讓這些社會油子知道，別看咱姐老公不在身邊，可不是沒人護著的。要在平時，你就是借我倆膽，我也不敢呀！」「難道你僅僅是作秀？」我不甘心地追問道。他咬緊牙關：「對，僅僅是作秀！」

165

　　護照的環節打通了，出國的其他阻礙也就迎刃而解。老公特意從德國飛到北京等我。

　　從北京掛號寄回的簽證是徐楓幫我簽收的，為不招人耳目，索性就寄存在他的保險櫃裏。然後在短短一星期內就我馬不停蹄地完成了離職交接以及與同事們的依依惜別，這期間，徐楓始終陰沈著臉不置一詞。那時正值暑假前夕，一個傍晚，全院的老師們都在加班埋頭評閱成人高考試卷，只有我坐在辦公室裏整理自己的東西，這時徐楓推門進來，坐在我對面默默地從衣袋裏掏出我的護照和一張兩天後赴北京的臥鋪火車票，我這才想起和同事們的告別飯桌上，他們問我何時啟程，我說，應該就這幾天吧，因為車票不好買，所以只好再等等。沒想到徐楓聽到後竟一言不發地替我辦好了。我剛要道謝，他又習慣性地作出暫停的手勢說：「打住，咱姐倆客套話也不必說了，出國畢竟是大事，我也幫不上什麼，送你一張車票吧，到時我再向校辦借輛車，親自開車送你去車站。」說著，他又把護照和車票放回衣袋說：「你向來丟三拉四的，最近又忙亂，東西先放我這裏，你回去準備好該帶的行李，等著我就行了，其他的我都會替你安排好。」說完，並不急於離開，而是幫我把文件單據一樣樣地又清點一遍。我問：「你不去評卷嗎？」他抬頭定定地看著我說：「全院都知道，這次評卷只有兩個人根本就沒報名，一個是你，另一個就是我！」我說：「我是因為辭職了事情又多，可你幹嘛放著外快不賺？」他苦

笑了一下：「賺外快以後還有機會，你走了就不知道什麼時候再見了……」

　　兩天後，徐楓陪我坐在赴北京的臥鋪車廂裏，他幫我安頓好行李後，掏出我的護照關照著我放好，臨下車時說：「感覺上好像是我一手把你送走的而不是你自己跑出去的，這樣我心裏會好受些。不多說了，你保重吧！」直到火車徐徐開動，他挺拔的身影漸漸消失在站臺裏，我才敢讓強忍的淚水恣意地流淌，我知道，在今後的人生旅途中，我也許還會結識很多形形色色的朋友同事，然而能夠這樣發自內心關懷我的「老弟」，可能被我永遠地錯過了……

野獸和美女

　　我是上個世紀60年代末出生的，我父母都是那種既普通又不那麼普通的工人，說普通是他們的職業和其他工人相比沒有什麼特殊之處，說不那麼普通，是由於當時他們雙雙響應偉大領袖的號召，投入了如火如荼的大革命運動，我的父母從此由普通工人一躍成為領導階級的一員，並進駐到我家所在那個城市最有名氣的高等學府裏，在那個工人階級領導一切的年代，沒讀過幾天書的他們竟然理直氣壯地領導起學院裏那些才高八斗的老師和教授們。所以，從我出生到上小學相當長的一段時間裏，我的身份都是這個學府裏最高領導的兒子。

　　父母在一連生下三個女兒之後，終於如願以償地得到了我這麼個寶貝兒子，自然疼愛有加，那真是要星星不敢給摘月亮。加上我的特殊身份，無論是在學校還是在家裏，我都是個說一不二的小霸王，自然而然地養成了野蠻驕橫的性格。後來，由於時代的變遷，我父母又回歸到工人隊伍裏，可是在學院裏被知識份子們傳染的崇尚知識望子成龍的毛病卻改不回來了。從那以後，我的日子就不好過了，每天不能隨心所欲地跑出去瘋玩傻鬧不說，拿回不好的成績還會挨揍，用我老爸的話叫作「掃帚燉肉」或者「巴掌炒肉」。事實證明效果適得其

169

反，他們應該明白，他們的寶貝兒子在繼承了父母粗曠個性的同時，並未篡改一絲一毫他們一讀書就犯睏的基因，這是遺傳決定的，不能怪我不爭氣。

雖然我生來就不是讀書的料，可我天不怕地不怕地敢殺敢拼，對朋友更是絕對地夠哥們義氣，漸漸地我在當地就小有名氣了，圈子裏的人給我起個綽號叫「老虎」，無論哪個哥們被人欺負，只要我一出面，三拳兩腳就能擺平。當然，「老虎」也有掛彩的時候，你看我後背這個半尺長的刀疤，就是當年在一家餐館裏和一幫小流氓鏖戰正酣時，被人在身後暗算落下的，還有這兒、這兒……每一處疤痕都在講述一個驚心動魄的故事，可以說，我這個老大的地位是靠我過硬的拳頭和仗義豪爽的性格確立的。沒見過我的人，一聽到我打架的光榮歷史，準會認定我是個四肢發達頭腦短路的愣頭青，事實上我的外表還是能唬人一陣子的，不瞞你說，就憑哥們這一米八的身高、還有這副頗似三浦友和的面孔，就不知迷倒了多少漂亮妞，別看她們整日裏圍在我的身邊「虎哥」長「虎哥」短地叫得我心花怒放，一論動真格的，我就含糊了。我的三個姐姐都沒能讀到大學，可我的父母給我找的姐夫們卻不是大學講師就是設計院的工程師，在這點上我還真佩服他們，別看他們自己不是知識份子，可他們過去給知識份子當過領導，如今又給知識份子當岳父母，看來只有我這個作兒子的不爭氣，我也不甘心給他們娶一個和我半斤八兩的兒媳進門。其實在我心裏，一直企盼

著能和一個知書達理的美女相守一生。我曾經把這個想法透露給關係很好的哥們，沒想到他們不但不覺得我是不自量力，還紛紛挑大拇指連連稱「高」。

我在他們眼裏也確實是個高人，如果單憑拳頭硬，也不至於讓這幫渾小子們俯首稱臣，除了能打架，最令他們佩服的還是我的記憶力。不是吹牛，別看我上學時一看正經書就瞌睡，卻能把古龍小說的精彩片段倒背如流。還有一點也令他們佩服得五體投地，不懂英語的我卻偏愛聽英文歌，什麼「人鬼情未了」，什麼「昨日重來」還有「最後的華爾滋」等等，只要我隨著答錄機哼上幾遍，就能唱得八、九不離十，儘管我壓根就不懂歌詞的意思，就是不懂也還是喜歡。學得差不多了，我就喬裝打扮一番，無論是西服領帶還是休閒老闆裝，當然金絲邊眼鏡是不能少的，然後帶一幫哥們到歌廳去露一嗓子，不知道的還以為我是哪家外語學院的高才生呢，當得知我就是那個威震八方的野獸「老虎」時，都驚得眼珠子差點掉出來。

我就是那時認識曉晨的。

曉晨是音樂學院的學生，每天晚上，她都到我們經常光顧的那家歌廳去彈鋼琴。也不知為什麼，一見到她那清清爽爽面孔我就怦然心動，我呆呆地望著她坐在鋼琴前的側影在搖曳的燈光下若隱若現，靈動的音符從她修長的手指間傾瀉而出。我明知道自己和她是生活在兩個不同世界裏的人，可還是不可救藥地為她癡迷。我愛她，可我不知該如何向她表達我的愛戀，

從小長這麼大，我從來沒怕過誰，可在曉晨面前，我卻感到了害怕，我怕一不小心驚嚇了她，我怕她不喜歡我，從此再不出現，所以我不敢貿然行事。對我來說，就這樣遠遠地看著她，然後等她收工後默默地尾隨著她，將她一路護送到學校就心滿意足了。我不奢望她愛我，只要能允許我這樣愛著她就好。兄弟們知道了我為曉晨害了相思病，都背地裏稱曉晨為「虎嫂」，我聽了心裏非常受用，但還是警告他們不許輕舉妄動。雖然曉晨是工作在娛樂場所裏，但她是舉止端莊的穩重女孩子，再加上有我們的暗中保護，一年就這樣平安度過。

後來，曉晨就很少到歌廳裏來了，我很著急，還以為是自己不慎暴露了目標，向歌廳老闆一打聽，原來是她參加社會實踐到市郊的一所小學當見習老師去了。看不見曉晨的日子，我心裏空曠難耐，索性又追到她實習的學校裏，每天她上課時，我就站在窗外靜靜地聽，聽她說話的聲音和她的琴聲。她下課時，我遠遠地觀望她優雅的背影，直到消失在校園深處。有時，我擔心她在學校裏伙食不好，就買來好吃的攔住她的學生捎給她。一次，被我攔住的那個男孩不解地問：「叔叔，你不是曉晨老師的男朋友嗎？你自己為什麼不去送給她？」我眼睛一瞪嚇唬他：「小兔崽子瞎問什麼？讓你去就快去！」男孩拿著那包東西一溜煙地跑了，嘴裏還喊著：「帥叔叔是個壞叔叔……」

是愛情就是自私的，別看我自己不敢向曉晨表白愛情，可也看不得別的男子向她示愛，一旦發現這方面的苗頭，我總

是刻不容緩地在第一時間內將他們擺平。有個給曉晨送紅玫瑰的眼鏡青年，被我堵在了半路上，我一把將他從自行車上掀下來，又將他當胸拎起，惡狠狠地警告他說：「聽著，以後別再糾纏曉晨，她的男朋友是我！」眼鏡連說：「誤會誤會，我不知道她有男朋友……」

曉晨結束實習後又回到了學院，我也尾隨到她的校園裏繼續為她站崗。我從來不承認自己是在追她，因為我不配！可我也不允許別的男人追他，他們更不配！那次，我看到一位款爺模樣的小子開著桑塔納到學校裏找曉晨，他對曉晨說，他剛從外地出差回來，給曉晨的父母帶些土特產。當時曉晨還要去上課，就對他說：「你就直接開車送到我家裏吧，我爸在家呢，等下了課我就回去！」那小子答應一聲就屁顛屁顛地向他的車走去。我一聽，心裏那個不是滋味呀，心說：曉晨呀曉晨，我老虎已經守候了你快兩年了，就盼著有一天能和你雙雙對對地回家，可我現在卻連和你說一句話的勇氣都沒有。他是你什麼人，你竟然那麼輕率地讓他直接去你家，呸，他也配！曉晨呀曉晨，我的拳頭再硬也是無論如何不敢把你怎麼樣的，可面對這幫對你不懷好意的臭小子們，嘿嘿，我可就不敢保證了！想到這，我一個箭步衝上去，在那小子正要發動引擎時，猛地拉開他的車門，大模大樣地坐了進去。那小子看到我，驚慌失措地問道：「虎哥，是你呀，找我有事嗎？」

我冷冷地說：「你小子原來還知道我是誰！聽說你給咱爸帶了禮物，那就一起走一趟吧。快開，一直開到曉晨家，然後

你把東西放下，該幹嘛幹嘛去！」那小子一聽就明白了，把我送到曉晨家後，忙不迭地開車掉頭就跑。曉晨家住的地方是我們市裡有名的居民區，裏面住的都是離退休的高級知識份子，看來曉晨果然生長在書香門第。我一個人將那箱土特產扛到四樓曉晨家門口，按了按門鈴，聽到裏面一個老者的聲音在問：「誰呀？」我應到：「伯父，我是曉晨的朋友，給您送禮物來了！」說完，我就蹬蹬地奔下樓去。我還是沒有勇氣面對曉晨的家人，如果他們問起我是哪個大學畢業的，在哪家科研機構工作，業餘愛好是什麼？我該怎麼回答人家呢？平生我頭一回感到了強烈的自卑。

我還是風雨不誤地到音樂學院裏守望曉晨。

那天，曉晨下課後徑直走到我面前，一雙沉靜的大眼睛定定地看著我，我激動得心都要跳到了嗓子眼。曉晨終於開口了，她說：「你就是那隻赫赫有名的老虎？」我說：「是的。」她又說：「聽說你兩年來一直跟著我，嚇跑了所有追求我的人，你究竟要幹什麼！」我咽了咽口水，艱難地說：「我……我……沒有惡意……」曉晨說：「我當然知道你沒有惡意，雖然這麼長時間來你只是跟著我從來沒有傷害過我，可你卻傷害到了我身邊的人，我想知道這是為什麼！」我終於吭吭哧哧地說出了早已隱藏於心底的那句話：「因為……因為……我愛你！」這句話一出口，我的表達就順暢多了：「曉晨，我知道我不配說這句話，可你要明白，兩年來，為了配愛

你，我戒了煙戒了酒，甚至連打架都戒掉了，我從未奢望過這種愛情能有結果，我只想看到你，但是看到你和別的男人在一起，我心裏又說不出的難受，我也不知道該怎麼辦，自從看到你那天起就這樣，兩年了，曉晨，你說我該怎麼辦……」我說不下去了，堂堂七尺男兒竟然蹲在地上嗚嗚地哭起來。曉晨也隨我蹲下來，用她那撫弄琴鍵的小手不停地為我擦拭流也流不完的淚水……

就這樣，我終於結束了兩年的單相思，用我的真心換回了曉晨的愛情。儘管我們的愛情在世俗的眼裏是那麼不般配，曉晨的父母曾強烈地反對過他們的獨生女和我交往。我的父母卻是真心喜歡曉晨的，因為他們親眼見證了他們的寶貝兒子自從愛上了這個美麗高雅的女孩後，是如何從一個天不怕地不怕的混世魔王一步步脫胎換骨的，為了兒子的終身幸福，他們決定親自登門向曉晨的父母誠懇相求。沒想到，這個在我眼裏像大山一樣的障礙還真是由於我父母出面而解決的。原來，當年我父母作為工人代表進駐的高等學府正是曉晨父母的工作單位，我父母雖然是工人出身，可一直非常尊重有知識的人，他們在學院當領導時，從不刁難知識份子們，還設身處地為他們解決了很多實際問題。後來，雖然我父母被打回了原型，可他們敦厚的為人給曉晨父母他們留下了很深的印象。尤其是曉晨母親生曉晨時，由於超齡懷孕難產大出血，當時醫院裏正忙著鬧革命血庫空空，我母親就發動單位的同事前來獻血，她本人也首

當其衝為曉晨母親獻出了自己的鮮血。最後，曉晨的父母終於認可了我們的關係，這一切只能用緣分來解釋。

和曉晨相愛後，我就和過去的一切斷了聯繫。曉晨鼓勵我學會一技之長，經過思量後，我報名學了烹飪。最初的想法很單純，就是將來和曉晨過自己的小日子時不讓她下廚房，我怎麼捨得讓她那雙彈鋼琴的手來燒飯被油煙燻燎？一年後，我考取了國家二廚師資格並受聘到大賓館任廚師工作，曉晨也畢業留校和她父母一樣當上了大學老師。在我苦戀曉晨的第四個年頭，我們終於結婚了。婚宴上，我特意請來了曉晨的追求者們，手把酒杯向他們一一致歉後，我忍不住說：「朋友們，雖然兄弟我當年莽撞多有得罪，但你們得承認，咱們這些喜歡曉晨的人裏，只有我才是真心愛她的，我愛她勝過愛我自己。我認為，當你真正愛一個人時，別說人家用拳頭逼你就犯，就是刀架到脖子上都不會退讓半步。當年你們當中如果誰有這種勇氣和我抗衡，我老虎雖然愛曉晨愛到了骨子裏，也會甘拜下風的。」一席話說得那些人模狗樣的小子們羞愧難當，曉晨卻幸福地依偎在我的懷裏。

婚後第二年，我們家裏就添了個乖女兒。這期間，過去的哥們為了些江湖上的是非恩怨曾來找我去幫他們擺平，被我拒絕了。當時他們失望地說：「虎哥的威風哪去了？可惜你再也不是過去的虎哥了！」我說：「兄弟們，別怪虎哥不講義氣，過去虎哥是來去無牽掛的一個人，現在的虎哥心裏卻牽掛著一

家老少親人，你們不替虎哥著想也該替你嫂子侄女想想，我若有個閃失她們娘倆怎麼辦？她們過不好你嫂子年邁的雙親怎麼辦？虎哥我能有今天的幸福日子珍惜都來不及，怎能還去無謂地打打殺殺？我不去也不讓你們去，我希望你們今後收收心，趁年輕多學點本事，相信將來也會有像你嫂子那樣的好姑娘愛你們的！」從此他們就沒再來找過我。

後來我又進修苦學烹調技藝，終於考取了國家一級廚師資格。然後又通過我那學有所成已在德國定居的二姐二姐夫的資助，舉家來到德國，在柏林的繁華地段開了一家小有規模的中餐館。都說德語難學，可能我生來就有語言天賦吧，或許得益於當年在歌廳追曉晨時出風頭學唱英文歌打下了外語功底，反正沒費什麼力氣我就通過了語言關，現在餐館裏上上下下全靠我自己打點。我不管多累，都不允許她到餐館來幫忙，雖然我們如今身在德國，可我沒有忘記當年的誓言，我不會讓她那撫弄琴鍵的雙手染指柴米油鹽。曉晨來德國後，又給我生了個兒子，這孩子成天調皮搗蛋的不聽話，很像小時候的我。孩子稍大，她就在家裏開辦一個鋼琴班，她的學生大多是住在附近的中國孩子。如今，我是房子也有了車也有了，有兒有女更有我心愛的人。老人們說得一點沒錯，你播種了什麼就會收穫什麼。面對這來之不易的一切，我真心感謝生活對我的饋贈。

畸戀

波羅的海岸的崔醫生

一

德國波羅的海沿岸頗具特色的海濱小城，每年從早春到深秋，眾多的遊客紛紛湧向這裏，悠然自得地享受這裏明媚的陽光和濕潤的海風。別看現在這些小城如一顆顆散落在波羅的海沿岸色彩斑斕的珠貝，就在20年前，這裏大部分還是人跡罕至的東德漁村，歐洲經濟大結盟後，德國周邊的「表親」們利用假期，紛紛來到這裏尋根置地，經濟的發展使這些小城如同當年稚拙的「村姑」們逐漸蛻變成今天風姿綽約的「時髦女郎」。

海島上規模不大但醫療設備很完善的烏責爾急救中心，就是近幾年順應旅遊環境的要求剛成立不久的，所接收的病人大多是島上遊客的突發性疾病或傷殘救援。這天夜裏，急診室值班的是主任醫師崔醫生，這位已屆不惑之年卻仍風韻猶存女醫生是這家急救中心裏唯一的亞裔工作人員，她業務過硬為人又和善，平時深得德國同事和患者們的愛戴。這晚，崔醫生和往常一樣，為普通病患做了常規檢查，還接收了兩位患急性胃腸炎的病人，後半夜，員警還給她送來一個神志不清的醉漢，

等崔醫生把醉漢腸胃中的過量酒精清洗乾淨後，已經是清晨了，此時離早班的同事到來還有兩個小時呢，忙碌了一夜的崔醫生疲憊不堪地坐在辦公桌前，邊揉著太陽穴邊寫交班日記。這時，桌上的電話鈴響了起來。崔醫生瞟了一眼來電顯示的號碼，頗不情願地拿起了聽筒。果然，電話那端傳來了恩師老查理那沙啞的、慈愛又不失威嚴的聲音：

「甜心，我的提議你究竟考慮得怎麼樣了？」

崔醫生略微猶疑了一下，柔聲回答：「查理，我想了很久，覺得自己還是捨不得放棄這份工作，雖然辛苦一些，畢竟是自己的專業，它證明了我這麼多年的努力還是有結果的。」

老查理聽了卻不以為然：「我真是搞不懂你們中國女人，心裏嘴裏都是什麼事業、事業，其實，你有我就等於有了生活的保障，你也知道，我妻子兩個月前過世了，只要你放棄你那份受累薪水又不高的工作，和我生活在一起，將來我的一切還不都是你的！」

崔醫生搖頭苦笑了一下，耐著性子說：「查理，這個話題我們已經探討很多次了，我知道你是真心愛我，不願我吃苦，我心裏也很清楚，這些年來，沒有你的關照和扶持，我在事業上也走不到今天。要知道，德國多少醫學博士苦讀那麼多年，都難找到一份滿意的工作，更何況我一個外國女人？可你也清楚我對生活的理解，也希望你能理解我。」

自從老查理退休後，崔醫生越來越感到這位老人對自己感情上的依戀。加之他妻子的去世，使他急於結束和自己這麼

多年來若即若離的感情關係，一心想要自己回到他身邊，成為他名正言順的生活伴侶。不錯，過去他有恩於自己，當年的自己，慘遭生活的愚弄，在最無助的時候，正是身為德國某知名醫學院權威教授查理的破例資助，才使她拖著幼小的女兒堅持完成了學業。就在崔醫生求學期間，不知是出於感恩還是欣賞，當年青春美貌的崔醫生竟然對恩師查理的親昵要求半推半就地接受了。雖然她心裏非常明白，她不會真正走進查理教授的生活。因為查理有一位非常優雅的妻子，兩個兒子和自己的年齡差不多，那段時間，她對查理的感情是非常複雜的，他們之間的師生戀情一直持續到崔醫生應聘到遠離查理的這個急救中心來。剛開始，查理在節假日還跑來和她團聚，這兩年，也許是由於查理年事已高體力不支，加之妻子久病，他來看望崔醫生的次數就越來越少了。查理夫人去世後，查理催促崔醫生辭職結婚的電話卻一陣緊似一陣，直搞得崔醫生矛盾重重，進退兩難。

電話那邊，查理的語氣和緩了下來：「甜心，我們在一起都那麼久了，我也知道你不會輕易離開我的。自從我妻子走後，我那兩個兒子成天盯著我的財產，你如果不和我正式結婚的話，我擔心將來在我的財產分配上你會有麻煩。還有你的女兒，這些年我也是拿她當作自己的女兒，結婚後我會辦理正式領養她的文件，到時候她就會擁有和我那兩個孩子一樣的權利了。甜心，別在那邊自己打拼了，我老了，需要過安穩的生活，你不知道，我是多麼需要你……」

崔醫生剛要說什麼，這時，一輛紅色的救護車呼嘯而至，幾個救護人員從車上抬下來一個血淋淋的人來，看上去傷得不輕，「查理，有病患需要急救，我得掛線了，你自己多保重，過段時間我會回去看你的。」放下老查理的電話，崔醫生又一頭衝進了急救室。

二

傷者是一位亞洲面孔的中年人，身上臉上都是血，已經重度昏迷了。救護人員介紹說，警員證明，此人是在高速公路上開車撞上了護欄，造成重傷，那輛掛有北歐國家牌照的車完全報廢了，說著把一個塑膠袋交給了崔醫生，崔醫生知道那些是證明傷者身份的東西，可她來不及仔細看，就急忙組織醫護人員投入了搶救。

經過及時救治，傷者的心跳和呼吸都平穩了，除了胳膊骨折外，腰椎神經也受到了重創，需要轉到特護病房進一步觀察，她關照來接班的同事，等病人蘇醒後儘快和家人聯繫，以確定進一步的治療方案。此時的崔醫生終於鬆了一口氣，她拖著疲憊的雙腿回到辦公室，打開傷者的那袋文件進行登記。她抽出了傷者身份證，照片上，一個容貌端正的亞洲男人透過柔和的目光在望著自己，那厚厚的嘴唇和柔和的目光都是再熟悉不過的，崔醫生驚訝得張大了嘴巴，再看身份證上的詳細內容，姓名：Wu Gang，國籍：Niederland，出生地：China。老天，竟然是他，真的是他，吳剛！

崔醫生一時百感交集，淚水滾滾而落，只見她動作麻利地把剛剛換下的白大褂又重新穿上，顧不得一夜的疲勞，一頭闖進了吳剛的加護病房。護士見崔醫生急匆匆地進來，高興地告訴她：「您清晨救治的那位車禍病人已經甦醒了。」崔醫生顧不得回話，眼睛直直地盯著吳剛受傷的臉，那張夢裏出現過無數次的面孔此時纏滿了紗布，眼睛腫得只剩下兩個縫隙，崔醫生感到了透過那兩道縫隙投向自己的目光，他們就這樣默默無言地互相凝視著，良久，吳剛打著繃帶的胳膊艱難地動了一下，崔醫生俯身下去，流著眼淚輕輕地撫摸著他那只露在繃帶外面的手，此時，吳剛的嘴裏含混不清地吐出兩個字：「曉……荷……」

曉荷，清晨的荷花，美麗脫俗，含苞欲放，這是一個女孩子的名字，已經十幾年沒人叫過了，而此時吳剛這一聲呼喚，崔醫生塵封心底的往事如潮水般向她湧來。

吳剛老師的婚姻

一

中國北方的盛夏，即使是夜晚，也沒有一絲風。然而，炎熱的天氣卻阻擋不了年輕人豪飲歡歌的熱情。在省城醫學院一

間沒有空調的學生宿舍裏，陣陣笑語喧聲不時地從敞開的窗口傳出來，顯然，這又是一群即將畢業離校的學生們在聚會。大學裏每年的這個時候，畢業生們總是接二連三地開慶祝告別會，大家輪流做東，醫學院裏每一個寒窗苦讀五年的學子拿到了走向社會的第一個通行證之後，都忍不住招來同窗好友慶賀一番。

今天的東道主肯定又是一個幸運兒。

這次的聚會上，與以往不同的是，席間不光是同班的應屆畢業生，杯斛交錯中，一位特殊的客人已漸漸不支了，他就是這些學生們的生物實驗老師──醫學博士吳剛。

平時頗有幾分酒量的吳剛，今天幾杯酒下肚就情緒失控了，只見他一會哭一會笑的，嘴裏還不停地罵罵咧咧，同學們都知道，吳剛老師剛剛失戀，他那個負心的女朋友幾乎把他全部的感情都掏空了。

吳剛雖然名義上是他們的老師，實際上並不比這些學生年長多少，生性敦厚的他指導這班學生實驗課時，自己還是個在校博士生呢。班裏的男生有什麼活動都會請他參加，一來二去的大家對他的情況也就有了一些瞭解，都知道他有個女朋友在德國留學，為了和女朋友團聚，吳剛也加緊聯繫去德國做博士後，前幾天，剛剛接到德國某大學的接收函，為此，男生們還特意為吳剛舉辦了慶祝會呢。世事難料，就在他興奮地準備遠赴德國的行囊時，吳剛的女朋友鄭重向他提出了分手，並坦承她在德國公司實習時，愛上了一位比她年長很多的德國同事，

她已經答應了德國同事的求婚，不久就是這個德國男人的妻子了。從那以後，吳剛就常常醉得人事不省。

今天也不例外，心情極度鬱悶的吳剛又一次把自己的意志交給了酒精，懵懵懂懂的吳剛似乎感覺到角落有一雙醉人的眼睛一直在望著自己，酒精的作用下，他曾把那當成是負心女友的目光，縱使他心裏明白那不是，女友那雙深度近視的眼睛沒有這麼清澈，也沒有這麼多的內容，至於那雙美麗的眼睛裏究竟蘊含了一些什麼內容，此時的吳剛根本就沒有心情去探尋。

在那雙目光的照拂下，吳剛不知自己是怎麼回到自己的單身宿舍的。朦朧中，他好像看見眼前晃動著自己深愛著的女友的身影，他不由自主地向她伸出雙手，那個身影毫不推拒，赤裸的身體像一條光滑的美人魚一樣依偎在他的懷裏，一雙手溫柔地輕拂著他的臉頰，他的喉結，他的身體……久違了，這令人沉醉的安撫！隨著兩顆大大的淚滴從吳剛的醉眼中滾落，一股熱浪在吳剛的體內逐漸升騰，並橫衝直撞地奔湧，懷裏溫熱的玉體迎合著他的衝撞，直到火山爆發後，吳剛體會到了從未有過的淋漓痛快，他臉上掛著滿足的笑意很快就沉入了夢鄉，那一夜無夢的酣眠使吳剛遍體通泰。

清晨，夏日的陽光暖暖地照在吳剛仍然略有醉意的臉上，直到這時，吳剛才發現自己的懷裏竟然擁著一團溫香軟玉，他愣了許久也沒緩過勁來。當他透過窗櫺的陽光，看到自己懷裏頭髮蓬鬆，睡意闌珊的美人兒也睜著那雙內涵豐富的美麗眼睛

在望著自己時，他認出了她竟是自己的學生曉荷，驚得一骨碌坐了起來，大幅度的動作把兩人共蓋的被子也帶到了地上，兩人赤裸的身體在陽光下明晃晃的耀眼，更刺眼的是，曉荷身下那朵盛開的紅牡丹，紅得如火如荼……

「我真該死，竟然酒後無德，做了對不起你的事呀……」吳剛頹唐地用拳頭砸著自己仍然昏沉的腦袋，曉荷溫柔地阻止他說：「吳老師，你別這樣……昨晚我本來想幫你安頓好就回到聚會上的，結果卻被你……反正從今後人家就是你的人了，只要你對我好，昨夜的事我不會怪你的，再說，人家心裏對你一直都……」說著，嬌羞地低下了頭。吳剛一把摟緊了曉荷，流著眼淚帶著內心說不出的複雜感情說：「曉荷，你還是個姑娘呀，就被我糊裏糊塗地這樣了，我一定不會讓你難堪的，我們馬上結婚，和我一起遠走他鄉吧！」

說實話，對於這位即將成為自己妻子的美麗女生曉荷，除了她是來自北方邊陲小城的學生，聰明美麗，勤奮好學之外，吳剛知之並不多。女友對愛情的背叛，讓吳剛心如死灰，此時，他的想法很簡單，反正愛情已經遠逝，而他，此生又總得和普通人一樣結婚生子，既然他酒後糟蹋了這個無辜的女孩子，他就要對這個女孩承擔起男人應該承擔的責任，女孩的表白又讓感情受傷的吳剛心存感激，所以，他決定娶這個在邊疆長大的女孩子為妻，並在心裏暗暗發誓：只要她不負我，我會一生一世善待我的妻子。

事實證明，婚後的吳剛，正努力地實踐著自己的誓言。

二

德國的生活，和初來乍到的同胞一樣，找房子，登記，隨便揀些或向前邊的住戶要些簡單的傢俱餐具，就過上了小日子。和別的留學生所不同的是，吳剛每天到學校的實驗室工作，拿著基金會的高額經濟資助，吳剛父母都是高級知識份子，經濟上不會牽扯他們，曉荷也徹底結束了在國內時省吃儉用的日子，每天除了到語言學院進修德語，就是回家捧著菜譜變著花樣燒吳剛喜歡吃的菜，兩個人的小日子就這樣舒心又富足地流淌著。

吳剛上班後，曉荷常常一個人坐在簡單舒適的家裏呆呆地回想著自己所走過的路，似乎每一步都留下了自己青春的血印，只有這個婚姻，幸福得有些不真實。吳剛，這個優秀得無可挑剔的男人，真的就是自己相伴終生的丈夫？德國，這個潔淨蔥郁的世外桃源，真的就是自己生活的地方？還有眼前神仙伴侶一樣的日子，真的就屬於自己了？曉荷常常這樣癡想著，手指放向嘴邊咬一咬，疼，卻是甜滋滋的感覺，越是有這樣的感覺，曉荷越是要拼命抓住，生怕好不容易得到的又不小心失去了。

吳剛倒是冷靜的，他建議曉荷過幾年再要孩子，他認為，雖然目前生活狀況不錯，可是博士後兩年之後的去向尚不明朗，心裏總有漂泊的感覺，反正兩人還都年輕，等各方面都穩定了再要孩子不遲。剛一到德國，吳剛就陪著曉荷到婦產科醫

187

生那裏開出了避孕藥丸，每天一粒，據醫生介紹，這種藥丸幾無副作用，還能調節荷爾蒙、改善多年來一直困擾著曉荷的經痛症狀呢。

對這件事，曉荷自有主張，也許是她夢寐以求的婚姻來得過於突然，也許是緣於感情上的不自信，她特別急於生一個和吳剛的孩子。她認為，孩子是兩個人的紐帶，有了孩子，她和吳剛才算是真正的一家人了。所以，面對那盒避孕藥，曉荷雖然極不情願，為了照顧吳剛的情緒，她打算先吃幾個月，等兩個人都相對適應了陌生的環境後，自己再偷偷停掉，到時候，憑吳剛的性格，一定會接受孩子的。

按照醫生的囑咐，要等月經來的第一天開始服藥，可是，曉荷左等右等，沒等到「老朋友」不說，卻等來了早孕反應，每天困倦、嗜睡，一見到平常自己最喜歡吃的東西就噁心得想吐，曉荷雖然沒有孕育孩子的經驗，但有著扎實醫學基礎知識的她當然明白發生在自己身上這一切不適意味著什麼，她心中不由得一陣竊喜：老天眷顧，曉荷我又一次如願以償了！

兩人都是學醫的，這日子也不難算，原來曉荷在出國前就暗結了珠胎，都怪那時忙著結婚出國，兩人忙裏偷閒在有限的交歡次數裏忽略了避孕。而被幸福沖昏了頭的曉荷，那時早就把什麼經期安全期拋在了腦後。雖然這多少出乎吳剛的預料，可是在曉荷流著眼淚的堅持下，吳剛也就默認了，畢竟是自己的骨肉，不過是比計畫中早到幾年而已。

三

　　孕期的曉荷充分感受到了作為新婚妻子被丈夫嬌寵的感覺，這種感覺令她暈眩令她滿足。一天天隆起的腹部漸漸抵消了她內心剛到德國時的不安定感。她知道，也許吳剛還沒從感情上完全愛上她，之所以和她匆匆結合，很大程度是吳剛的寬厚性格和強烈的責任感使然。曉荷知道，吳剛雖然已經成了自己的丈夫，可他的心並不屬於自己，這點，聰明的曉荷不但從吳剛時常呆坐發愣的落寞神態上感覺到了，就連婚後夫妻間的恩愛吳剛也是例行公事般的程序化，這多少讓曉荷感到不盡人意。然而，曉荷又不好過分明顯地表現出自己的焦渴，在吳剛眼裏，她還是個初嘗人間樂果的小姑娘呀，誰家的小姑娘新婚伊始會懂得這許多呢？所以，夜深人靜時，新婚的曉荷雖然輾轉難眠，也只有忍耐自己澎湃欲望在體內橫衝直撞。

　　孩子的到來，使曉荷的注意力得以轉移，也似乎使吳剛鬆了一口氣，每當曉荷撒嬌地依偎在他懷裏扭來扭去的時候，吳剛就會輕輕地撫摸著曉荷的肚子，像哄孩子似地說，「你現在是小母親了，可要好好保護我們的寶寶呦，為了他在裏面健康平安地生長，我們作父母的就忍一忍吧。」孕期性事容易導致流產、早產和宮內感染，所以這期間最好避免性事。身為醫學學士的曉荷當然知道這個道理，只不過平常的新婚夫婦很難完全遵照醫學理論度過這一特殊階段罷了。身為醫學博士的吳剛

卻做到了，整個懷孕期，吳剛雖然睡在曉荷身邊時常安撫她，夜裏也不時地替她蓋上蹬掉的被子，卻由始自終真的就沒再碰過自己美麗的妻子，這種毅力可真不是常人可比的。

作為夫妻，曉荷新婚就懷孕，她和吳剛之間的夫妻生活次數屈指可數，好在吳剛對自己噓寒問暖關愛備至，這個孩子給曉荷帶來了信心，「不管吳剛心裏還裝著誰，可他現在是我孩子的父親，他人那麼善良厚道，對我又那麼寵愛，孩子生下來後，我一定讓你把欠我的加倍還給我！」曉荷常常這樣想著，心裏被一股暖流充盈著，常常不自覺地就笑出了聲音。

四

孕育寶寶的日子在溫馨甜蜜中流淌著。這段時間，吳剛每天都是一下班就回家，進屋就紮著圍裙為曉荷燒可口的飯菜，而且幾乎包攬了所有的家務。他不讓曉荷的雙手沾丁點的髒污，甚至每天曉荷洗浴他都要跑過去親自調試水溫，依他的說法，冷熱都會刺激子宮的收縮，對產婦和胎兒都不利。望著吳剛快樂著忙碌的身影，曉荷有時甚至想，如果小寶寶永遠也不出來，自己豈不是永遠要被他這樣嬌寵了？

轉眼，臨產期日近。

這天，吳剛卻沒有像往日一樣早早下班，曉荷等呀等，天色漸晚，吳剛熟悉的腳步聲仍然沒有出現。曉荷不禁著急起

來，往實驗室打電話，鈴聲響了很久也沒人接聽，曉荷翻出號碼本，找出吳剛的手機號，因為來德國後，他們小夫妻的業餘時間幾乎都是形影不離的，所以這個號碼曉荷很少用。撥打出去後，卻是關機留言。曉荷想起吳剛臨走時說過下午有個什麼討論，也許還沒有結束不方便接電話吧。此時，曉荷的肚子已經骨碌碌地報警了，她只好晃著笨拙的身軀自己到廚房翻冰箱，今天既然吳剛有事不能及時回來，她索性趁機露一手，為吳剛燒幾個好吃的菜，以後坐月子帶孩子說不定還沒這個雅興了呢。

就在曉荷淘米洗菜的時候，吳剛回來了。

吳剛對曉荷的下廚並沒有像往常那樣一驚一詫地往下奪，而是嘴裏含混不清地應付了一句什麼就去看書了。曉荷不由得狐疑地放下手裏的活跟了過去，她站在吳剛旁邊呆立了很長時間，吳剛的表情都是木木的像沒看見她一樣。曉荷扳過吳剛的肩膀說：「你怎麼了？究竟發生了什麼事嘛？」吳剛從書本上抬起了頭，眼睛卻茫然地看著別處說：「沒什麼，你忙你的，我不太舒服，不吃晚飯了。」說著又低頭看書，手裏一頁頁毫無目的的亂翻著。「不對，你一定是有什麼事了，快告訴我嘛！工作不順利？教授說你了？還是……」曉荷不甘心地追問著。

「求求你，別煩了，讓我一個人靜一下行不行？」

猛然間，曉荷被吳剛的一聲不耐煩的吼叫鎮住了，這還是她和吳剛結婚以來他第一次沖著自己發火呢，她愣了一下，委屈得哭了起來。吳剛也被自己的態度驚醒了，忙站起身來，一

把攬過曉荷，把頭伏在曉荷的肩上，堂堂七尺男兒，竟然像受了委屈的孩子一樣失聲嚎啕……

原本備感委屈的曉荷一見吳剛這個陣勢，忙穩住自己的情緒，她一邊替吳剛拭淚一邊柔聲勸到：「不想說就先別說，你歇著吧，我去給你燒點好吃的。」

曉荷不再追問，吳剛反倒拽住曉荷不放手了，目光躲躲閃閃一副欲言又止的樣子，曉荷也不做聲，只用一雙亮晶晶的淚眼楚楚可憐地望著吳剛。在這雙淚眼的注視下，吳剛的心上最柔軟的地方顫抖了，他彎下腰，吃力地把笨重的曉荷托了起來，一步步走向臥室，小心翼翼地把曉荷放在床上。

吳剛單腿跪在曉荷的身邊，雙手不停地撫摸著曉荷快要漲破的肚子，任眼淚一串串地流淌。也不知過了多久，吳剛抬起頭來，定定地望著曉荷，像宣誓表決心似的，說：「曉荷，你放心，不管發生什麼，我都不會拋棄你們娘倆，我會一輩子對你們好的，你是個好姑娘，只有你才是我的妻子，是我孩子的小母親，我決不會對不起你！」

「告訴我，是不是她找你了？」女人的直覺讓曉荷一下子猜到了發生了什麼事。

在曉荷執著的目光下，吳剛重重地點了點頭，說：「曉荷，你猜得沒錯，今天是她來學校找我了，她和那位德國同事已經分手，她說，這段時間以來，她最想念的就是我，只是沒想到，我這麼快就結了婚，更沒想到，我快要做爸爸了。一下

午，她哭得很傷心。」曉荷冷冷地說：「那麼我呢？難道就不傷心？還有我們的孩子呢？她的婚姻幸不幸福，和我沒有什麼關係，而我的婚姻是否幸福，卻和她脫不了干係，我做了什麼？命運要這樣不公平地對我？」說著又忍不住哭起來。

「是我不好是我不好，我承認我還愛著她，忘不了她，可我絕不會再見她了，為了你，為了我們的孩子，為了這個家，以後我會盡我所能愛護你們的。別哭了，你打我，打呀，打呀，替咱的孩子打……」吳剛拽著曉荷的手往自己的臉上撲打著，曉荷被他的樣子逗得破涕為笑了。

曉荷沒有理由不相信吳剛的話，因為，在曉荷的心裏，吳剛就是這樣一個對家庭、對她這個當妻子的身負責任的儒雅君子。他決定的事情，就會負責到底，就像因醉酒之後的行為不惜給她一個婚姻的承諾一樣。曉荷也對他們的未來充滿了信心，此時，吳剛前女友的突然出現對他們的家庭來說，不過是一個小插曲，一個小考驗而已。她相信，經過這一劫，他們的感情只會越來越融洽。

五

曉荷的產期日漸迫近。雖然他們很早就在吳剛工作的醫學院附屬醫院登記了床位，吳剛還是放心不下曉荷，又特意預約了該院知名度非常高的亞裔婦產科主任醫師愛琳。四十歲出頭

的愛琳有著豐富的臨床經驗，在這個專業領域裏，她因判斷準確救治及時而聲名大振，不知有多少高危產婦和嬰兒從她的手裏轉危為安。吳剛因為工作的緣故常和愛琳打交道，也許同是亞裔又都是因勤奮而在學校聞名的緣故，彼此間印象都不錯，正因為如此，愛琳儘管自己的工作安排已經很緊張，還是對吳剛的請求不假思索地一口答應了下來，為此，吳剛還專門把愛琳請到家裏，親自下廚燒了幾道可口的中餐。

趁著吳剛忙碌的時候，愛琳又認真地為曉荷做了產前胎檢，愛琳說，胎心和胎位都正常，大家都不必緊張，以曉荷目前的精神狀態和身體狀況看，順產應該沒有問題。臨告別時，愛琳還特別關照，不管曉荷什麼時候發生陣痛，吳剛都可以隨時通知她，就算不是她當班，也會儘快在第一時間趕到醫院。曉荷聽了，心裏暖洋洋的。是呀，雖然身在異國他鄉，生產的關鍵時刻，身邊不但有身為醫學博士丈夫的呵護體貼，還有這位醫道高超的主任醫師的鼎力相助，這個寶寶一定會順順當當來到這個世界的。

吳剛知道，預產期前後，曉荷隨時都有可能出現臨產徵兆，萬萬不能掉以輕心，所以，這段時間，吳剛總是盡可能地早早歸家陪在曉荷身邊。

這天傍晚，吳剛像往常一樣早早歸家，吃過晚飯，他又忙著幫曉荷放洗澡水，恰在此時，曉荷腹中一陣緊縮，緊接著，她盼望已久的陣痛就轟隆隆地到來了。吳剛忙打電話叫Taxi，

然後又打電話告訴愛琳，他這就送曉荷進醫院。

當吳剛到醫院辦好手續，攙扶著曉荷進入早已預定好的婦產科病房時，愛琳和助手已經做好一切接生準備嚴陣以待了。在愛琳的指導和吳剛的安撫下，曉荷忍受著一陣陣襲來的陣痛，配合著助產士的指令做著吐納深呼吸大用力等分娩的標準動作，折騰幾個小時後，隨著一聲響亮的啼哭，一個胖呼呼的女嬰順利誕生了。吳剛流著喜悅的淚水，從愛琳手裏接過女兒慈愛地端詳著，只見懷裏這個長著絳紅色小臉的嬰兒似乎也累了，緊閉著眼睛安靜地沉睡著。此時，天邊已經露出了晨曦，吳剛輕輕地把女兒放在曉荷的身邊，憐愛地撫摸著曉荷汗濕的頭髮，曉荷心滿意足地對吳剛說：「你也累了一夜了，快回去睡一下，上班方便時再來看我們吧。」為了讓曉荷也好好休息，吳剛只好戀戀不捨地回去了。

回到家裏，吳剛只小睡了一下，就從溫暖的被窩裏爬起來，忙著煲了一鍋骨頭當歸湯給曉荷調養。吳剛把湯送到曉荷的病房，雖然曉荷已經吃過了醫院裏的早餐，聞到骨頭湯的香氣，還是在吳剛深切的注視下喝進去一大碗。吳剛給曉荷掖好被子，就起身去嬰兒室看孩子去了。

隔著嬰兒室的玻璃窗，吳剛看到一個個小寶寶都睡在自己的小床裏，吳剛一個個看過去，又一個個看回來，還是沒找到自己的女兒。他正心下納罕著，這時，一位護士走過來對他說：「吳先生，您的女兒不在這裏，而是在加護監測室呢，愛

琳主任也在，她請您立刻過去見她。」吳剛聽了這話，腿立刻就發軟了，幾個小時前還是好好的一個新生兒，到底出了什麼事情？吳剛不敢耽擱，三步並作兩步地向監測室奔去。

六

女兒果然躺在監測室的小床裏，此時已經醒了，好像剛剛餵過奶，微睜的眼睛正安靜地吸吮著自己的大拇指呢。吳剛鬆了一口氣，不解地問愛琳：「她看上去很正常呀，您怎麼會把她留在這裏呢？」

愛琳指了指對面的椅子說：「你先坐下，冷靜一點。」

吳剛焦急地說：「到底發生了什麼事？」

愛琳說：「你觀察一下孩子的眼睛，發現什麼了嗎？」

吳剛聞聽立即到嬰兒床前俯下身子仔細察看孩子的眼睛，這一看不要緊，竟然發現孩子的眼睛上蒙著一層薄薄的白翳，吳剛吃驚地脫口而出：

「P病毒感染？」

愛琳沉重地點了點頭，說：

「我已經將胎盤送去化驗了，結果剛剛出來，正是P病毒母嬰傳染。你應該清楚，這種病毒在母體內會誘發惡性生殖系統疾病，如果不幸傳給嬰兒，救治不及時就會導致失明。好在發現及時，我已經給孩子實施了治療，等白翳逐漸退去，她就

會一切正常了。但是，經過化驗證實，你妻子的宮頸已經被該病毒嚴重侵襲，最好等她產後恢復後實施一個宮頸切除手術。另外，我還建議你也做個P病毒化驗，因為P病毒最主要的傳播途經就是性生活傳染。」

吃驚之餘，吳剛心頭閃過一連串的不解，他很快鎮定了情緒，對愛琳說：

「就按您說的，我馬上去化驗，但我請求您，先不要讓曉荷知道，她剛分娩，情緒不能激動。」

醫學院先進的醫療條件使吳剛的化驗結果很快就出來了，所有指標都是陰性。也就是說，P病毒和吳剛毫不沾邊。這個結果讓吳剛的心裏一點也輕鬆不起來，聯想結婚以來他們夫妻屈指可數的幾次做愛，懷孕已經是意料之外，既然他自己是清白的，那麼曉荷與孩子身上的P病毒是哪裡來的？身為醫學博士的吳剛不由得在心裏默念著女性體內P病毒的幾個主要成因：

1. 在身體尚未發育完善的情況下過早開始頻繁的性生活；

2. 頻繁更換性伴侶；

3. 夫妻間不潔性生活，也就是由身帶P病毒的丈夫傳染。

這幾條表面上看似乎哪一條都不符合，令吳剛百思不解的是，曉荷不是以處女之身奉獻給他的嗎？若非如此，吳剛也不會和曉荷閃電結婚。莫非……莫非……吳剛打了個冷戰，不敢再想下去。

七

因曉荷是順產，只在醫院住了三天就出院了。這些天，心事重重的吳剛早已顧不上產後的曉荷和已經恢復正常的孩子，他藉口前段時間為照顧曉荷耽誤了重要的實驗，現在急需實驗結果，不能陪她們母女了。即使這樣，仍沒忘花錢雇了一個家務幫手每天來照顧曉荷。

重重的陰影壓得吳剛喘不過氣來，在一次抱孩子去例行體檢之後，吳剛終於鼓足勇氣把孩子抱進他的實驗室裏，趁同事們午休之際，親自為兩人做了親子鑒定。可怕的鑒定結果令吳剛猶如五雷轟頂：

他傾心期盼的女兒竟然不是他的！

曉荷，這個他全心要負責到底女孩並不純潔！

此時的他即使能接受曉荷的不潔卻又怎能原諒她對自己的欺騙，曉荷，你憑什麼這樣對我，憑什麼！

吳剛一想起自己這段時間像個感情的奴隸一樣就噁心，自己付出的一切竟然是為了這個爛女人，吳剛捶著腦袋大罵自己：你真他媽的冤大頭，大傻瓜！此時，吳剛已經不能面對曉荷她們母女了，他要逃離，必須逃離！

吳剛對曉荷說，他要代表實驗室到北歐去進行一個科研專案，可能需要一段時間。因孩子還小不便隨行，過段時間他會回來接她們母女的。家裏反正有幫手，錢都在銀行卡裏，需要

時隨時取用就是。曉荷雖然不捨，但為了丈夫的工作，也只有理解和支持。

吳剛這一走，就再也沒有回來。

吳剛走後，曉荷在思念中扳著手指數算，日子一天天流逝，吳剛卻像在空氣中蒸發了一樣。就在曉荷覺出了肯定是哪個環節出了問題，準備到醫學院詢問丈夫的消息時，卻收到了吳剛寄來一封長信，信裏，曉荷真切地感受到了吳剛的絕望與絕情，他說：

　　曉荷，我曾打算用自己一生的真誠來善待的妻子，我曾用全部的身心培育感情的小母親：

　　在你接到這封信的時候，所有這一切都不復存在了。我發誓要從我心底將你的一切記憶的痕跡都抹去，因為它帶給我的傷害令我汗顏令我恥辱。

　　我沒騙你，我確實在北歐申請到了一個滿意的工作位置，只是在赴任之前，我回到了母校，並找到了你的入學記錄，按照上面的地址去了一趟你的家鄉，到那裏之後，我方意識到我對你，我曾經的妻子，竟然知之甚少。在那個對我來說遙遠又陌生的邊陲小城裏，我見到了你的母親——我的岳母，但我並未告訴她我們之間的關係，即將結束的關係對她老人家已經毫無意義，我只說是你的老師。你可能已經明白，你的母親早已經不認你這個女兒了，因為你的所作所為讓她在你的家鄉抬不起頭來。臨出國，你還親手把她的兩個兒子投進了監獄。還有，你的人生之路

重要的啟蒙導師——你的表叔因為你也受到了連累，孩子的生父金大牙因你的告發又牽出了別的案情，被判了死刑後，他的手下三天兩頭到你表叔的診所破壞搗亂，他老人家被這群無賴逼得只好遠走他鄉，至今下落不明。最不幸的還是你的你母親，她現在生活無著，我給她留下了一筆錢，勸你以後如果有能力別忘了奉養她。

雖然孩子已經證實不是我的，但我臨走時還是把所有的積蓄都留給了你們，縱使我同情你的經歷，卻無意介入你的生活，剩下的日子你們好自為之吧。

我現在已經在北歐安頓了下來，她也來了，我將和她開始新的生活。至於和你，我們之間的一切不過是個啼笑皆非的誤會。

隨信寄去離婚申請一份，請簽字寄回。

還有，請儘快聯絡愛琳主任，她會為你安排子宮頸手術事宜，此事不能耽擱，切切！

最後，祝你們母女平安！

你曾經的丈夫　吳剛

讀罷吳剛的信，曉荷呆若木雞，許久才意識到，她內心深處所懼怕發生的還是不可逆轉地發生了，她和吳剛的愛情結晶竟然是惡魔金大牙的骨肉，逃離了環境的她卻逃不脫宿命。

她緊緊地抱著女兒，淚水滾滾而落，打在了女兒嬌嫩的小臉上。很顯然，吳剛此行，殘酷地揭開了曉荷那隱藏在內心深處的噩夢……

曉荷的故事

一

曉荷出生在中國北方的一個邊陲小城，那個地方的人有著嚴重的重男輕女的思想，她雖然是家裏唯一的女兒，卻上有兄長下有弟弟，她就像一棵雜草一般無人疼愛。然而，恰恰是這棵誰也不待見的雜草在霸道的哥哥和受寵的弟弟的夾縫中頑強地生長著，漸漸出落得真如她的名字一樣，恰似一株曉日朝陽下含嬌帶露的荷花，清麗可人，誰見誰憐。

曉荷的父母大字不識幾個，甚至連基本的普通話都說不好，但是卻對兩個兒子的未來寄予了很深的厚望，怎奈兒子們卻不爭氣，一個個高考落第，只能在小城做些雜工。出乎一家人預料的是，恰恰他們平時都疏於關注的女兒曉荷，卻金榜題名，以不容爭議的高分考上了省城知名的醫學院。

接到錄取通知書後，除了曉荷自己，家人都未對她的考取表現出欣喜，因為，恰在此時，曉荷的父親被確診為身患不治之症，在她家人看來，她的學費和醫治父親的病是衝突的，她的未來和父親的生命比起來更是不值一提，所以家人一致認為，她該憑著青春和美貌作資本，釣一個有錢的金龜婿來扶持這個風雨飄搖的家。別看曉荷年輕，但生存在這樣的家庭裏也

經受了常人難以想像的磨煉，命運賦予了她倔強不屈的性格，這一回，好不容易抓住了機遇扼住了命運的咽喉，怎可輕易放棄？於是，在一個風雨交加之夜，和父母兄弟一陣惡吵之後，憤然離家出走了。

　　一個形單影隻的弱女子畢竟還是羽翼未豐的雛雀，就算掙脫了家庭的藩籬，又能蹦躂到哪去？曉荷抱著肩膀徘徊在即將告別的母校，腦海中像過篩子一樣，一遍又一遍地拂過和她打過交道的男生的臉孔，都怪自己平日裏心高氣傲，對那些獻殷勤的男生視而不見，沒想到自己會一夜之間無家可歸，連個收留自己的人都找不到。曉荷此時要找的不僅僅是收留她一夜兩夜的人，如果是那樣，隨便到某個要好的女同學家就行了，此時，曉荷考慮更多的卻是一個能讓她一勞永逸的依靠，至於這個永遠究竟能有多遠，她還想不出，最起碼有能力讓她沒有家庭的資助也能把大學讀完吧。風雨中，這個美麗倔強女孩的思路越來越清晰了，很顯然，她的男同學中具備這個能力的幾乎沒有，就算她馬上答應某個男人的追求，可他們自己都要靠父母呢，誰能擔保她的未來呢？更何況還有對方父母那一關，還沒怎麼樣呢就要負擔幾年的大學費用，大人們都不是省油的燈，連自己的親父兄都不願意付出，怎麼能指望別人的家人？正在曉荷一籌莫展之際，隨著一聲炸雷，曉荷猛地想起了他，那個曾經令曉荷不齒甚至輕視的男人，對，就找他去，只要她曉荷願意，她自己就一定會從那個男人身上得到她想要的。

曉荷想起的那個男人不是別人，就是曉荷自家的表叔。

表叔是小城的名醫，生性風流，為人放蕩，他和不同女人的風流韻事和他的醫術都讓他在這個小城聞名遐邇。

和表叔一起隨著電閃雷鳴出現的還有不久前發生在曉荷家裏那微妙的一幕。那日，曉荷因為進省城上大學的事正和父母鬧得不可開交，氣得把自己關在房間裏嚶嚶地哭。這時，表叔提著給父親的中藥前來探望，父母不失時機地向這個救命的表弟控訴著女兒的執拗和不孝，表叔當時大包大攬地說道：「這丫頭是青春期在叛逆呢，哥嫂不要著急，抽空我來開導她好了，必要的話，開幾副中藥調理一下。」在父母的千恩萬謝中，表叔臨告辭時，推開曉荷的房門，對曉荷說：「丫頭，你爹都病成這樣了你還發癔症，是不是青春期荷爾蒙失調呀？你抽空到叔的診所來一趟，讓叔給你好好調理一下吧！」曉荷明顯感覺出表叔在說這話時掛在臉上那意味深長的笑容，還有停留在自己蓬勃的胸前不安分的目光。當時，曉荷的鼻孔裏哼出了一聲重重的不屑，擰過身子，讓表叔領教了一個曲線優美的項背。

那個雷雨交加的夜晚，曉荷在往診所去的路上知道自己該怎麼做了，此時，哪怕是少女的一絲不安都會阻擋她前行的腳步。然而，她設計這一切的時候，對家庭報復的快意和對自己未來的渴望強烈地替代了本該有的罪惡感。

當她濕淋淋地出現在表叔面前時，表叔的眼中現出了得意的驚喜。曉荷直視表叔的眼睛，平靜地說：

　　「叔，為了上學的事，我和家裏鬧翻了。」

　　表叔說：「我猜到了。」

　　曉荷又說：「叔，我被他們氣得胸漲，肚子疼，你說過要幫我的。」

　　表叔說：「我看你是行經氣滯，你已經是大姑娘了，需要的不僅是調理，而是一個有經驗男人的引導。只要你聽叔的話，叔就能讓你把這個大學讀下來。過來，讓叔……

　　此時，曉荷又看到了表叔那掛在臉上意味深長的笑容，他拉過曉荷，將厚厚的嘴唇拱在她潮濕脖頸上，一雙大手也不失時機地在她身體上不停地揉搓，曉荷的心裏排斥著，身體卻一陣莫名其妙地燥熱……

　　曉荷就這樣，在表叔中醫診所的檢查床上完成了女孩成為女人的功課。名不虛傳，表叔果然經驗老到，那一刻，曉荷是實實在在地感受到了做女人的樂趣。當然，即使在曉荷飄飄欲仙的時候也沒有忘記自己的使命，趁表叔起身洗漱時，她小心翼翼地收好了那散落幾點紅梅的白布單，在曉荷眼裏，那不光是她青春的紀念，更是是她完成學業的保證。

　　表叔沒有食言，他成功地遊說了曉荷的父母同意曉荷進省城讀書，還拍著胸脯保證，他包下了姪女全部的學費，並滿懷欣賞地說：「誰讓我這個姪女這麼有出息呢？」

二

曉荷終於如願以償了。

省城的一切都是那麼新鮮，那所歷史悠久的高等學府更是讓曉荷大開眼界，曉荷深深地陶醉在迎面而來的新生活裏。這一切對曉荷來說是那樣的來之不易，她只有如饑似渴地汲取知識才對得起自己。幾年大學的學習生活，曉荷的成績一直名列前茅。

表叔總是在曉荷的囊包漸空時進城，為自己的診所採買藥品的同時，定期給小荷帶來她需要的費用。每次來，表叔都會在學校附近的一家旅館裏充分「欣賞」他這個侄女，曉荷也在表叔無微不至悉心竭力地「關懷」下，漸漸出落得越發水靈和韻味十足了。

曉荷並不認為這樣有什麼不妥，她在表叔身上感受到了成熟男人帶給她說不清道不明的快樂。過早體驗過男女魚水之歡的女人，往往對男女性事更為渴望，有時，還沒到表叔進城的日子，曉荷也會以錢不夠花為由催表叔送錢來，表叔當然心領神會，曉荷每每得到的除了為數不多的生活費之外，還有如洪水般洶湧而至的浪潮。每到此時，曉荷的心裏對表叔給她的區區小錢不但不怨恨，反而為不久的下一次能理直氣壯地向他索取而自鳴得意。幾年來，他們叔侄間就一直默契地沿續著這樣的「關懷」。

　　雖然表叔給她提供經濟保障，給她帶來身體的快樂，但每到夜深人靜時，一陣陣空虛感還是常常向她襲來，愛情，她要愛情！可是，她懷疑，雖然她有和男人做愛的豐富經驗，可她還有愛的能力嗎？

　　大學校園裏最不缺少的就是隨處蕩漾的青春和激情。俊男靚女們在每個角落裏隨時都會上演生活版的才子佳人故事，面對那些生龍活虎才華橫溢的小夥子們，曉荷多麼渴望自己也是這齣現代劇裏的女主角呀！她在享受表叔「關懷」的同時，也在等待時機，也在苦苦尋覓。

　　為曉荷的父親治病，雖然全家已經傾其所有，但仍未挽留住這個一家之主的生命，就在曉荷畢業前一年，她父親帶著對這個女兒的滿腹怨言過世了，年僅45歲。臨終之際，曉荷在表叔的勸說下回去見了父親一面，這是她進省城讀書後第一次回家。當然，此行曉荷還不可避免地和家裏其他人打了照面，面對家人包括病中的父親，曉荷始終沉著臉不發一言，父親對此雖然憤懣也無奈，倒是她那沒有工作的母親，直氣得把鞋脫下來劈頭蓋臉地要往女兒的身上拍，多虧表叔在場及時地把神情激動的母親拉開了，表叔替曉荷開脫道：「哥、嫂，你們別和孩子一般見識，這孩子是在大城市裏待久了，已經不會說家鄉話了。」曉荷媽歇斯底里地哭道：「本指望生個女兒幫我這個苦命的女人分憂，可你照鏡子看看你的鬼樣子，我們生了你養了你，反倒欠你的了，你給我滾，別再讓我看見你！」這時，

曉荷的父親操著並不熟練的漢語一字一頓地說：「丫頭，你看看你的哥哥和弟弟，為了這個家出去打工，很辛苦。可你呢，跑到省城，家也不回，信也不捎，我們這裏女人可是最賢慧勤勞最通情達理的呀……不管你怎麼看待這個家，我們還是希望你有出息，有大出息。記住爸爸的話，以後嫁個有知識的男人吧，他們開明，我們家鄉的男人，是不會容忍你這樣的女人的。」

曉荷對父親的話很不以為然，但找個有知識的男人結婚，這個觀點父女倆倒是一致的。曉荷從不以為自己在家鄉嫁不出去，而是從心裏瞧不起家鄉人，在她的印象裏，這裏的女人除了會伺候丈夫孩子就是會醃鹹菜，上大學以後她才意識到，常吃鹹菜是不健康的，怪不得父親英年早逝，那麼多年裏，他吃了多少不健康的東西呀！而家鄉的男人，除了喝酒就是打老婆，一喝就醉，一醉就唱咧咧地哭，又哭咧咧地唱，她家裏就有三個這樣的男人，她早就看夠了受夠了，這幾年好不容易擺脫了這樣的家庭，將來怎麼還能再和這樣的男人在同一個屋簷下一起生活？一想到這裏，曉荷心裏就不那麼怨恨父親了，畢竟父親最終還是理解她的，父親的遺言，默許她以後和外鄉男人結婚，這無疑為曉荷的第二次叛逆開了綠燈。

馬上就要進入畢業實習階段了，曉荷心裏暗暗和自己較勁：找個優秀的男人當丈夫，讓他帶著我一起飛，飛得越高越遠越好，飛到家人找不到的地方，飛到表叔尋不到的地方……

三

　　實習階段，除了家庭背景極深的幾位同學外，大家都在為即將畢業找工作的事絞盡腦汁，家長們也紛紛動用各種關係為子女們走門路，只有曉荷，一如既往地獨來獨往，在別人眼裏是孤傲神秘，只有曉荷最清楚自己內心深處對未來那份酸楚與無奈。和其他同學相比，她除了五年積攢的一路好分數，就是擁有白皙的皮膚和五官清秀的容貌了，同年級家住省城的幾位男生，明裏暗裏沒少向這位略顯神祕的邊陲少女獻殷勤，曉荷也不露痕跡地和其他同學一起，分別去過他們的家裏，明為大家一起玩鬧閒聊，實則明察暗訪，去過之後，看到男同學們的母親一個個雖表面優雅客氣，卻掩飾不住骨子裏趾高氣揚的傲慢時，曉荷漸漸冷卻了擠進省城的名門望族當兒媳的心，一想起自己那提不起來的家庭，還有幾年來為求學所付出的難以言說的代價，心裏就矮了半截。面對她心裏強烈渴望的愛情，她卻無力伸手將它抓住，只好眼睜睜地讓它一次次和自己擦肩而過。

　　至於畢業的去向，她更是沒有能力去設想，家庭方面她是心灰意冷了，父親即使在世也是無能為力的，兩個不爭氣的兄弟就更別指望了。近來表叔不止一次地向她抱怨，說她哥哥也在省城呢，不知在做什麼生意，不停地回家向他和別的親友借錢，借出去的錢就是有去無回。曉荷明白表叔的能力的確有限，這些年供自己上學的一切開銷用度已經勉為其難了，誰知

他抱怨哥哥借錢不還的事，是不是擔心自己畢業前聯繫工作的敏感時期向他要錢送禮呢？表叔有時甚至以安慰她的口吻說：「丫頭，找工作的事急也沒用，往往白花錢還辦不成事，車到山前必有路嘛，到時候大不了回家和你叔我一塊幹，」說著伸手捏捏曉荷的臉蛋「再說了，你走遠了叔怎麼捨得？」曉荷心裏暗罵：「呸，老東西，想得倒美！」這個時不時把她摟在懷裏玩味不夠的自家表叔雖然還不到50歲，但和活躍在校園裏那些後生娃比起來，實在是老東西了，有時清晨早早醒來，看到酣眠在自己年輕的軀體旁邊這個皮肉鬆弛的老男人，曉荷恨不得狠抽自己幾個嘴巴才解恨，她多想遠走高飛，忘卻自己是從哪裏來的呀！這時，曉荷唯願現今這世上真有伯樂存在，被她的優秀成績所打動，讓她今後憑著自己的實力在社會上安身立命。

就在這個畢業分配的關鍵時刻，曉荷又被她家裏一起突如其來變故擊得痛不欲生。

四

那是一個再普通不過的週末，曉荷到圖書館查些資料，直到傍晚才出來，在食堂吃過晚飯後，本想沿著校園的小河邊散會步，沒走出多遠，就見同寢室的一位室友向她跑過來，氣喘吁吁地說：「曉荷，你家裏來人了，不是你表叔，是個年輕人，一下午已經到咱們寢室來找你好幾趟了，好像有急事的樣

子，你快回去看看吧。」曉荷拔腿就往寢室跑，潛意識裏，她預感到，可能是她母親有什麼事了，她媽沒文化心臟又不好，脾氣也糟糕，如果是那樣，可就……

來人果然是她哥哥，自從她父親去世時打過照面，他們兄妹已經兩年多了沒見面了，只見她哥頂著一團蓬亂的頭髮，身上的穿戴更是烏七八糟，見到出落得和大城市姑娘毫無二致的曉荷，眼裏似有一團火苗閃過，瞬間就熄滅了。他低著頭眼神渙散地硬著舌頭用漢語對曉荷說：「媽病重了，要見你。」曉荷雖然對母親成見已深，聽到母親病重，心裏還是一沉，忍不住問道：「她在哪裏？」她哥喃喃地答道：「在城邊，我的住處。」曉荷說：「那我們這就過去吧。」這時，她哥猶豫了一下，似有難言之隱，磨蹭了好一會，最後像下了很大決心似地站起身來。跟在後面的曉荷覺得哥哥的性情變化很大，以前是個天不怕地不怕的愣頭青，這回感到他除了落魄就是猥瑣，也許是生意不順，也許是因為母親生病操勞的。

兄妹倆上了一輛通往城外的公共汽車，坐了很長時間才到達終點站，此時，天已經完全黑了下來。曉荷跟在她哥身後，深一腳淺一腳地走在坑坑窪窪的土路上，四周是零零星星的破敗民房，兩個人一路上默默無言。也不知走了多久，她哥終於在一個破落的土院前止住了腳步，略一猶疑，還是推門進去了。隨著院門的打開，曉荷看到前面土房裏一片燈火通明，耳朵裏立刻就灌進了男人們的喧嘩聲裏夾雜著洗麻將牌的稀裏嘩

啦的聲音，這和一路上曉荷心裏設想的母親孤零零臥在簡陋病床上的情景反差太大了，站在門外的曉荷正猶豫著是否進去，屋裏竟一下子呼啦啦出來好幾個男人，不由分說連推帶擁地把他們兄妹攜裏了進去。

曉荷的疑慮果然沒錯，煙霧繚繞的土屋裏，哪裏有母親的影子？幾個流裏流氣的男人敞胸露懷地盤腿圍坐在炕桌上，正在嘩嘩地洗麻將牌，見他們進來，麻將桌前為首的那個男人斜叼著雪茄哈哈大笑著對簇擁著他的人說：「哥幾個，我說什麼來著？我就是借他崔大光八個膽，他也不敢空手回來，別忘了，他弟弟崔小光還在我們手裏呢，除非他不在乎他弟弟即將變成終身殘廢！」這個胸口遍布粗硬的汗毛，眼露凶光的男人一開口，露出了兩顆久經尼古丁的薰染七扭八歪的大門牙，曉荷認出來，此人竟然是他們家鄉聞名遐邇的流氓頭目金大牙，吃喝嫖賭無惡不做，十幾歲時就聚眾鬥毆出了名，在監獄幾進幾出，彈丸小城出了這麼個人物，連夜裏孩子哭鬧老人都拿他鎮唬：「再不睡覺，看把金大牙招來把你抓走！」

曉荷回頭憤怒地質問她哥：

「崔大光，你把我騙到這裏安的什麼心？老太太呢？」

她哥雙手捂著腦袋蹲在地上一言不發，金大牙下炕走到曉荷面前，向曉荷噴了一口濃煙，色迷迷地說：

「放心，你家老太太在家裏活得滋潤著呢，用你哥欠我的高利貸每天去戀歌房泡小白臉。瞧這崔大妹子，出落得活似畫

裏走出來的，怪不得把她本家崔郎中都弄得五迷三道的，今個就和你金大哥做了夫妻吧，你把我伺候爽了，小光的那只手保住了不說，你那兩個兄弟欠我的高利貸也一筆勾銷了。你雖然漂亮，可用你替他哥倆還債嘛，價碼還是高了點，誰讓你是從我們小城走出來的唯一的女大學生呢？」說著就當眾動手撕扯曉荷的衣服，單薄的衣裳幾下就在四周貪婪的目光中被扯得一片不剩。

「別碰我！」

曉荷尖叫著護住前胸，抬手給了金大牙一個嘴巴，返身瘋了一樣哭喊著衝她哥拳打腳踢：「混帳東西，為了錢連你親妹子都出賣，不得好死……」

金大牙嘿嘿地笑著說：

「行了，妹子，這裏除了你親哥哥就是情哥哥，你又不是沒見過男人，就別上演貞節烈女的大戲了。今天你要是不乖乖地從了我，不用我動手，弟兄們可就挨個上了，到時候，你兄弟欠的錢還不了不說，哼哼，經他們手的女人，能爬著出去就算造化了。」

說著，衝裏面一甩頭，他身邊的兩個男人會意，轉身到裡間拽出一個反綁雙手的小夥子，曉荷一看，正是她弟弟崔小光。小光曾是多麼虎虎生氣呀，此時卻垂頭喪氣的，他一見光著身子的姐姐，就噗通一聲跪在曉荷面前，哀求道：

「姐姐，你救救我和哥哥吧，哥哥他也是沒辦法，他要是不把你帶到這裏來見金大哥，按道上的規矩，弟弟我就得被

剁掉一隻手呀……你就從了金大哥吧，你和表叔的事，你在省城聽不見閒話，可小城人誰不知道呀，那種事反正你已經做過了，和誰做還不是做呢……」

曉荷絕望地看著從小玩大的弟弟，小時候自己被鄰家男孩欺負，弟弟總是二話不說就衝上去和他們拼命，常常為了她弄得滿臉是傷，此時，為了保住自己的髒手竟心安理得地勸她用身體替他哥倆還債，攤上這樣的哥哥弟弟，我究竟前世欠了誰的孽債？想到這裏，曉荷的淚水順著臉頰滾滾而落，金大牙順勢抱起曉荷嫩藕一樣的軀體，回頭淫笑著衝大家說道：

「哥幾個接著玩吧，放開小光，今天看在她姐姐的面子上，饒過他那隻手，不要再難為他們哥倆了，大哥我這就和崔大妹子入洞房去了。」

這一夜，餓狼般的崔大牙讓曉荷嘗盡了屈辱和痛楚。

五

第二天，金大牙心滿意足地放走了曉荷，曉荷面無表情地把昨夜被撕壞的衣服一件一件套在身上，金大牙見狀，甩給曉荷厚厚一捆錢，說是讓她買幾身像樣的衣裳算作給她的見面禮，還說，以後缺錢了可以隨時找他，說著，隨手在一張紙幣上寫下了他的手機號。曉荷收下這些，仍然面無表情。

曉荷大腦空空地回到學校，同學們已經出去了，寢室裏沒有一個人，曉荷第一件事就是扯下身上的衣褲，一路上，從下

身流出的粘稠東西另她噁心得直反胃。曉荷發瘋一樣用腳在這堆衣服上狂踩猛踩，恨不能立刻燒毀這些屈辱的痕跡。折騰累了的曉荷，伏在床頭呼呼地喘著粗氣，平靜下來後，她起床找到一隻塑膠袋，把那些東西裝了進去，然後坐下來找出紙筆，像平時記日記一樣把昨夜發生的一切事無鉅細地寫了下來，主人公除了金大牙，還有騙她去的親哥哥和跪著求她的親弟弟。曉荷一氣呵成足足寫了十幾頁，她的中文書寫能力從來沒有這麼順暢過。寫完後，曉荷長吁了一口氣，平靜地把這些厚重的文字連同那張金大牙親筆寫著手機號碼的鈔票一同裝進信封裏塞進了那只塑膠袋，然後用膠帶紙又把袋子封得密密實實藏在箱子的最底層。經過了不堪回首的那一夜噩夢，曉荷用自己的身體替哥哥和弟弟還了賭債，還保住了弟弟的手不受殘害，自己對親人已問心無愧。想到「親人」二字，曉荷不禁打了個冷戰，呸，他們也算是親人嗎？

經過這一夜，家，這個早已淡漠的字眼在曉荷的心裏被徹底地拔除掉，從此，她曉荷就是漂零在一潭死水裏的孤荷了。

校園裏的曉荷，看上去和平時並無兩樣，可她知道，她早已經不是過去那個為了求學而不惜強姦自己意願的小女孩了，弟弟小光不是說嗎：「和誰做還不是做呢？」連自家兄弟都知道利用自己的美好身體去換取他們想要的東西，她自己為什麼還要猶抱琵琶半遮面的？剎那間，曉荷似乎忽然看透了一些事情，身體算個什麼東西？不過是一副臭皮囊而已，既然這副臭

皮囊男人們都看好，與其被別人利用，何不自己踩著它夠到自己想要的一切？

六

畢業將至，這段時間，工作有了著落的同學們一個個輪流做東，一個又一個大大小小的告別宴應接不暇，只有曉荷心下茫然著，不知這小小的東道主何時才能輪到自己做。

這天，曉荷又一次參加同學的歡慶聚會，酒過三巡，帶過他們生物課實驗的吳剛老師就醉倒了，見吳剛醉得不成樣子，曉荷張羅著叫上兩名男同學一起把吳老師送回宿舍，安頓好吳剛後，曉荷打回一盆水，對那兩名男生說：「你們回去接著熱鬧去吧，這裏有我呢，我幫吳老師收拾一下就過去。」

兩名男生離開後，曉荷動作麻利地把吳剛吐的酒污清洗得乾乾淨淨，然後為他寬衣解帶，這時，吳剛嘴裏叫著另一個女人的名字，並把雙手伸向了曉荷。曉荷碰到吳剛投向自己那渴望的目光，咬了咬牙，隨即把他脫得赤條條地塞進了被窩。吳剛的手卻緊抓住自己不放，曉荷把自己的衣服一件件褪下來，就被吳剛一把摟進了懷裏。望著吳剛眼裏的淚聽著吳剛摟著自己卻叫著別人的名字，曉荷的內心一陣陣抽搐，她用手輕輕拭去吳剛的淚水，任吳剛的身體在自己手中烈焰般地灼熱燃燒，直到把自己融化，她願意被這個優秀的男人熔化……火山爆發之後的沉寂，曉荷蜷縮在熟睡的吳剛身邊，她狠狠心，咬破了自己的內

腮，皺著眉頭沉吟一下，一把扯下了吳剛的枕巾捂了上去，鮮血一滴滴滲進了吳剛的枕巾裏，很快綻開了一朵紅牡丹……

這一夜，曉荷在懵懵懂懂的吳剛的懷裏睡得很香甜。

清晨，當手足無措的吳剛提出要帶曉荷遠走高飛時，曉荷把臉深深埋在了吳剛的懷裏拼命地點頭，眼裏是淚，心裏卻笑開了花……

接下來的一切都順理成章了，曉荷名正言順地成了實驗老師吳剛的未婚妻，因為吳剛馬上要到德國的原因，兩人加緊了結婚的步伐。

吳剛還未有完全從失戀的打擊中清醒過來，曉荷呢，理智上要嫁給吳剛這樣的男人，感情上還未做好此生非他不嫁的準備，各揣心腹事的二人完全顛覆了從前對婚姻愛情的神祕設想，草草地登記了事。

正是應了那句老話：吉人自有天相，車到身前必有路。婚後的曉荷倒是免去了挖門掏洞尋找工作的煩惱，因為吳剛正忙著為她辦理陪讀的手續，她知道，不管吳剛心裏有誰，她既然已經是他的妻子了，不久的將來，他們的小家就會落戶在遙遠的歐洲。對即將到來的異國之旅，曉荷的心裏充滿了美好的憧憬，她相信，憑著自己的聰慧和勤勞，一定會為吳剛營造一個溫馨的小巢的———一個屬於他們自己的小巢。她更相信，只要她心無旁鶩地苦心經營這個小家，吳剛最終會真正愛上她的。此時，曉荷的心裏被戲劇性降臨的幸福感脹滿著，她發誓要牢牢把握住她的幸福，從此把過去的陰影遠遠甩在身後。

　　吳剛申請到了德國一個很有名的基金會的資助，那個資助裏包括陪讀夫人的基本生活費用和教育費用，所以，曉荷的出國手續毫無周折地就辦妥了。雖然曉荷的身份僅僅是陪讀，可是她還是緊鑼密鼓地把自己在校讀書時的成績單及畢業證書等一應公正手續辦好，不管今後能否能用得上，除了和吳剛的婚姻，這些紙頭也許就是她迄今為止在這片土地上存在過的最好憑證了。拎起簡單的行囊，曉荷沒有和家裏任何人打聲招呼，就隨吳剛登上了飛往德國的班機。

　　在去機場的路上，曉荷在路過一家郵局時對吳剛說要下去給家裏寄包東西。那包承載著曉荷屈辱的包裹終於以這種特殊的方式重見天日了。只是，它被公安機關開封之時，它的主人早已經生活在另一片天地裏，這塊土地上所發生的一切將與她不再相干。

　　曉荷的心，隨著飛機引擎的轟鳴聲飛蕩了起來，她要飛，要飛，身邊這個優秀的男人就是她今生的伴侶，她要和他一起飛，飛得很高，飛得很遠……

七

　　曉荷被吳剛帶著飛到了遙遠的歐洲後，又被無情的現實重重地摔在了地上。吳剛拋下了這個當初在他心中純潔的妻子，尋找他的真愛去了。曉荷並不怪吳剛的絕情，他雖然是個一心

要擔負責任的好男人，但終究擺脫不了男人傳統觀念裏的緊箍咒，不論何時，曉荷都對這個此生唯一給過自己真正關愛的中國男人心存感激。

痛定思痛，曉荷感到自己的人生就像一場夢境一樣，醜惡的美好的都已經離她遠去，只剩下腳下的路還要一直地走下去。

夢醒時分，曉荷找出了她出國前辦好的學歷證明，她決定儘快聯繫愛琳醫生，治好病之後，無論多苦她都要把學業完成，以後的路就要靠自己走了。

新學期開始，醫學院新生的教室裏，果然多了一位推著嬰兒車的亞裔母親。

期末，這位年輕美麗的母親以優異的成績一連通過了四門考試。這位母親就是曉荷。

儘管曉荷聰明勤奮，但繁重的醫學專業課程對一個單身的外國女學生來說還是困難重重。曉荷幾次都撐不下去了，若不是院裏的學術權威查理教授的賞識和破例資助，曉荷的學業恐怕難以為繼。

畢業後，曉荷不顧查理依依不捨的挽留，毅然來到了當時還頗為荒涼的德國東海岸，在這個新籌建的急救中心裏開始了她嶄新的生活。

此時的曉荷已經一步一個腳印地走出了過去，逐漸成長為大家眼中的崔主任醫師了。近來，她經常讓已經快讀中學的女兒拔下自己頭上的白髮，雖然白髮越拔越多，讓她欣慰的是，

她的業務水平和德國同事們對她的尊重卻在日益提高。查理叫她「甜心」，女兒喊她「媽媽」，同事和患者們都稱呼她「Dr. 崔」，就在曉荷這個名字已漸漸淡出她記憶的時候，吳剛那一聲緩緩的呼喚又把她拉回了原型。

崔醫生——吳剛

「曉……荷……，曉……荷……」

吳剛呼喚曉荷的聲音逐漸清晰了，崔醫生把手輕輕放在吳剛的唇上，不讓他再說話，她附在吳剛的耳邊說：

「別擔心，我是你的主治醫生，你會康復的，通知你妻子過來吧。」

吳剛艱難地搖了下頭：「不必了，她……」

崔醫生又一次制止他說話：「你需要靜養，我會為你安排的。」

崔醫生關照護士，吳剛的病情有什麼變化請隨時和她聯繫，說完，又回到辦公室裏，希望能從吳剛的東西裏找到他家人的資訊。終於，在吳剛尚完好的手機裏，崔醫生調出了裏面出現頻率最多的號碼，撥通後，是一個女人職業化的聲音：「您好，波爾醫藥檢測中心，我能幫您什麼嗎？」

崔醫生說：「您好，這裏是德國烏賁爾急救中心，吳剛先生車禍受傷了，我想聯絡到他的家人。」

對方聽到這個消息顯然很慌亂，驚叫道：「上帝，怎麼會是這樣！我只是他的秘書，我也不知道該怎麼辦了，他要緊嗎？」

崔醫生繼續說：「別擔心，他已經脫離危險了，我需要和他妻子聯繫一下，商量進一步的治療方案。」

女秘書回答說：「他們已經離婚很多年了，吳先生沒有子女，一直單身。」

放下電話，崔醫生若有所思。

在崔醫生的悉心治療下，吳剛恢復得很快，骨傷漸漸痊癒，只是腰椎神經的恢復還需要一個緩慢的過程，在恢復初期，腰部毫無知覺的吳剛只能像個癱瘓病人一樣臥床，而且，誰也不能保證這個期限有多久。望著每天為自己忙碌的崔醫生，吳剛歉疚地說：「曉荷，你已經盡心了，我還是回到荷蘭去慢慢養吧，也許這輩子只能在床上度過了。過去，我年輕不更世事，我對不起你，這些年我一直在不安和自責中度過，我曾不止一次設想我們重逢的場面，只是沒有想到，自己會這副模樣出現在你面前。現在，我不能拖累你呀！」崔醫生不容置疑地說：「不行，現在你是我的病人，治好你是我的職責。你這個樣子，回去也不能繼續工作，你的消極想法卻會真的讓你一輩子呆在床上的。現在，沒有我的醫囑，你哪也不能去，只有配合我讓你自己儘快站起來！」

吳剛信心不足地問道：「如果我一輩子都站不起來了呢？」

「那我只好一輩子當你的主治醫生了。」

曉荷說完，驀地感到自己做了一個完全陌生的決定。

　　老查理又一次打來電話催促：「甜心，你答應回來看我的，我可一直等著你呢。」

　　崔醫生抱歉地說：「對不起，查理，我最近特別忙，有一個重傷員正是康復的關鍵時期，實在走不開，等他的傷勢有了起色，我就回去。」

　　「這些天我正忙著修改遺囑，你若再不回來和我結婚，我可就理解成你決定放棄你本該擁有的那一份了，你真的決定放棄了嗎？」電話那端，查理的聲音很蒼涼很冰冷。

　　崔醫生拿著聽筒，怔了一會兒，查理又一次追問：「你真的決定要放棄嗎？」

　　恰在此時，護士跑來報告說：「吳先生的腰椎有了知覺，正痛得冒冷汗呢。」

　　崔醫生回過神來，對著電話回答說：「是的，查理，看來我只能放棄了，實在對不起，你多多保重吧！」

　　查理顫聲道：「甜心，就算你不為我們考慮，為了你的女兒有個穩定的未來，你不再想想了嗎？」

　　「查理，這段時間，我仔細想過了，從小到大，我都是在逆境之下求生存，我沒有能力左右命運，只有一次次地聽從命運的擺佈。現在，我終於有了選擇的能力，這次，你就讓我自己做回主吧！」

　　那邊傳來查理一聲無奈的歎息後，電話掛斷了。崔醫生知道，這也許是查理催她結婚的最後一個電話了，她呆呆地握著

話筒，心裏重複著不止一次要對查理說的話，她不知道這些話
以後還有沒有機會親口告訴恩師：

「查理，請相信我會教育好女兒的，至於將來，她的路
還要靠她自己去走。我知道這麼做，一定會辜負你的好意，但
是，如果我再次聽憑命運的安排，我會覺得心裏不踏實，更對
不起自己曾經的努力和心酸。查理，我永遠感謝你，是你讓我
成長、讓我立足。以後，我會帶著女兒常來看你的，尤其是在
你身體不適的時候，你一定要在第一時間讓我知道。別忘了，
我是你一手調教出來的好醫生……」

「崔醫生，崔醫生，你……」

護士的呼喚打斷了崔醫生的思緒，曉荷揉了揉濕漉漉的眼
睛，放下手中的電話，疾步走向吳剛的病房。

【全文完】

完稿於 2007 年 9 月，修改於 2007 年 11 月

「SARS」心病

一

　　北京某大集團公司總經理方大鵬登上了北京——法蘭克福的班機，他此行是按原計劃到德國參加一個國際性產品博覽會，會議日程是一年前就安排好的。

　　方大鵬的弟弟方二鵬是德國一家電器公司的工程師，他們一家已在法蘭克福生活了多年，每次哥哥大鵬因公來到法蘭克福這個集商業金融於一體的大都市，雖然德國合作方都會給他安頓好住處，可大鵬總是婉言謝絕，他更願意落腳在弟弟家。常常是和弟弟一家人吃過團圓飯後，弟媳照顧侄兒侄女洗澡睡覺，他們兄弟倆家事國事天下事的一聊就是大半個通宵。這次臨行前，二鵬幾次電話關切地詢問北京SARS的情況，並叮囑哥哥這次如果按原計劃成行，索性就在德國度一個長假，父母二老在中國偏遠的家鄉情況還沒那麼糟，哥哥在北京這個重疫區又常常出差，實在讓人放心不下。大鵬聽了，不免笑弟弟的小題大做，他對二鵬說：「北京雖鬧SARS也沒你想的那麼嚴重，得病的機率更是比中了百萬大獎還低，就連我常年生活在北京也剛聽說這個病，並沒見誰真就得了，我相信即使真的

流行了也會很快被控制住，你不要聽信那些西方國家的不實報導，他們是看中國近年來經濟迅速發展眼氣，唯恐中國天下不亂！」聽哥哥信心十足地這麼一說，二鵬一顆忐忑不安的心落下了一半。

臨行前一天，德方又一次傳真確認方大鵬的行程，並強調受SARS影響，此次博覽會已經有很多亞洲代表缺席。大鵬吩咐助手小劉回信：他的行程不會因小小的病毒而改變。對方很快回傳說：如果德國海關無異議，他到達後可直接到事先安排的住處，原定到機場迎接的工作人員因故取消。大鵬搖頭笑了笑，撥通了二鵬的電話，他希望明天二鵬能開車到機場去接他。

飛機準時抵達法蘭克福機場，這班飛機的中國乘客寥寥無幾，大多都是歐洲駐中國機構裏的回鄉工作人員。一出機場，大鵬就看見弟弟遠遠地向他招手。大鵬疾步奔向弟弟，欲和二鵬握手問好。二鵬卻閃開轉身拉開車門：「哥你先上車吧，告訴我你要去的地方，我馬上送你過去，今天我就不多陪你了！哥，有事給我打電話吧。你不是說要逗留一個星期嗎，我到時再去看你。」說完不敢對視哥哥受傷的目光，狠狠心發動了汽車。

把哥哥送到賓館後，二鵬就到藥店買了一瓶高強消毒液，把汽車裏裏外外噴了個遍，他這樣做不只是防備大鵬身上攜帶病毒，法蘭克福機場裏每天過往乘客無數，世界各地的人都有，在二鵬看來，非常時期，機場裏的每個人都有可能是危險

的傳染源。回到家裏的二鵬徑直衝進衛生間，脫掉身上所有的衣服塞進洗衣機裏高溫消毒，又用熱水一遍遍沖洗自己，恨不得把自己也塞進洗衣機。

二

復活節開學的第一天，二鵬的兒子東東從小學校放學回來就悶悶不樂。在妻子的一再追問下，東東說是因為今天他一進教室，老師就當著全班同學的面開口問他：「你從哪來？你沒染SARS病毒吧！」妻子憤怒地問東東：「你怎麼回答的？」東東老實地說：「我告訴他這個假期我們沒回中國，就連我大伯從北京來開會都沒到家裏來，而是直接住到了賓館裏。」平時性情開朗卻很少和孩子大聲說話的妻子此時卻暴跳如雷地衝著東東吼道：「你缺心眼兒呀？我們回不回中國關他屁事？你大伯從哪來到哪去也是我們自己家的事，犯得著告訴他嗎？老師那樣問你時你為什麼就不反問他，當初德國鬧瘋牛病的時候他得了BSE了嗎？」東東這天本來就憋屈，經媽媽這樣劈頭蓋臉的一罵，嗚嗚地哭了起來。二鵬陰沉著臉翻出電話薄，找到東東老師的電話就撥了過去，一上來二鵬就嚴肅地問他，你今天在學校裏對東東說了什麼？你那麼說的目的何在？我們家長絕不容忍你作為一個教育工作者如此不負責任地傷害孩子的自

尊心。面對二鵬咄咄逼人的發問，東東的老師解釋說：他以為
復活節期間東東一家回國度假了，就天天關注著有關中國疫情
的報導，整個假期都在為東東擔心，今天一看見東東正常回到
學校，欣慰之餘就忍不住脫口詢問他的情況，實在是發自內心
對自己學生的關心而絕無惡意，一句話引起東東一家如此強烈
的反感和不愉快是他事先無論如何也沒想到。東東媽媽本來已
經摩拳擦掌地做好了找校長論理的準備，聽老師如此一說，不
由得心裏一陣無以名狀的委屈，鼻子一酸，淚水滾滾而落。

三

　　一個星期後，還未等博覽會結束，二鵬就開車將哥哥接到
了家裏。一個星期是二鵬夫婦認為的安全隔離期，這樣做也許
會引起哥哥的不快，但這也是對家庭和身邊的人負責呀。這次
哥倆的話題幾乎都是圍繞著SARS，大鵬出國這一個星期來，
國內也公開了新的疫情，這回和國外的報導基本吻合，為此政
府還撤了兩個治疫不利的高官，可見局勢的嚴峻，此時大鵬也
理解了弟弟當時的做法。

　　SARS病毒爆發後，二鵬一家人的心理極度脆弱，總覺得
周圍德國人看自己的眼光都是小心翼翼的。每年的這個季節，
二鵬的花粉過敏症就會發作，流淚噴嚏咳嗽有時還氣喘，可二

鵬都不以為意，挺過這幾天就好了。可這次，二鵬卻不敢掉以輕心，他強忍著噴嚏和咳意，因為每個噴嚏都會引起別人意味深長的側目，一旦咳嗽更不得了，同事會不厭其煩地提醒他測量體溫，這種過分的關心實在令他難以承受。他只好遍訪名醫，為止噴嚏恨不得一天滴完一瓶鼻液，就連保險不報銷的中醫療法他也屢屢嘗試。

幾天後，結束了博覽會的大鵬不顧弟弟的擔心和挽留，執意回國了，縱使大疫當前，他也不能拋下家人和工作在此躲避。和來時不同的是，班機上只有寥寥可數的十幾個人，而且都是中國人。

這天， 二鵬晚飯時喝了一碗妻子燒的胡辣湯，打完了噴嚏又是一陣咳嗽。恰在此時，回到北京的大鵬打來電話，口氣沉重地說，他助手小劉的妹夫已經確診得了SARS被隔離了，小劉的妹妹因丈夫得了這種病被單位辭退，孩子的學校也因此停課。據說參加搶救的醫護人員很多都被感染上了，小劉因近來也時常咳嗽，正被當作疑似病症隔離觀察。目前，大鵬公司員工都被疏散回家了，公司基本處於停頓狀態。二鵬著急地問：「博覽會前你一直和小劉在一起，你現在怎麼樣？」大鵬說：「我感到胸口發悶，這就到醫院去做檢查，你也別大意。」「你一定當心，公司一定不要去了，咳咳咳……」一句話還沒說完，二鵬又是一陣劇咳，這回反倒是身在北京的大鵬擔心德國的二鵬了，大鵬囑咐弟弟馬上也得去看醫生，二鵬

說：「我沒事，只是過敏症又犯了，而且也不發燒……」大鵬打斷他：「隨時量體溫，萬萬不可大意，有時低燒也很可疑，你咳成那樣，一旦胸悶喘不過不氣來就危險了！」放下電話，咳了一陣的二鵬果然就感到胸悶難耐，他想囑咐妻子什麼卻捶足頓胸的幹張嘴說不出話。妻子雖不信二鵬真的中標了，但見他這樣也慌了神，只好打電話叫來了救護車。

到醫院後，急診醫生詢問了二鵬的症狀就斷言是ALLAGIE（過敏症），說著就要二鵬張嘴往他嘴裏噴緩解劑，二鵬卻執意讓醫生戴上口罩他才肯張嘴。見德國醫生不解的樣子，二鵬向醫生坦白說，他的哥哥剛回北京，而他哥哥北京的助手被懷疑得了SARS，兩個星期前他哥哥來德國前就和那個助手工作在一起……二鵬繞口令似的聲明了半天，醫生總算聽出了點眉目，就拿出兩個口罩，醫生自己戴一個給二鵬戴一個。然後就是量體溫、抽血、照X光，口測體溫正常，二鵬又要求肛測，他擔心低燒口測不出來。肛測結果竟然比口測還略低一點，折騰下來，已是深夜，二鵬只好等驗血和胸透X光的結果。等待期間，二鵬往家裏打了個電話，口氣沉重地告訴妻子，還沒告訴他結果呢，可能是凶多吉少，如果就此被隔離了，希望妻子悉心照顧好兩個孩子。

正說著，見醫生拿著X光片子和化驗單表情嚴肅向他走來，他心想：這回完了，那也得挺住啊！醫生走近他，沒等他開口詢問就一把扯下二鵬的口罩，然後也扯下自己的，告訴他

除了ALLAGIE一切都正常。二鵬問道：「該不是重名吧？」醫生肯定地說：「絕對不會！今晚的急診病人裏只有一個姓方的又是中國人。」見二鵬仍然不敢相信，醫生反問：「你不是已經不咳了嗎？」二鵬這才意識到好像照完片子還沒咳過呢，就又試著咳了兩聲，果然氣也順暢了胸也不悶了。臨別醫生建議他要麼過敏季節就不要喝胡辣湯，要麼喝了胡辣湯就別關注有關SARS的消息。

從醫院回到家裏，天光已經泛白了，二鵬卻了無睡意，他又打開電視通過VIDIO TEXT搜尋中國疫情報導。當他看到在發自國際衛生組織的消息裏，雖然仍有很多感染資料，但和前一兩天相比，不但沒有攀升還略有下降，他把這看成是病毒初步得到控制的一個徵兆。這時，電話鈴響了，這聲音在淩晨顯得突兀而又清脆，電話是大鵬從北京打來的，他在電話裏詢問了二鵬的檢查結果，並告訴二鵬，他的助手小劉剛剛排除了SARS嫌疑，咳嗽只是患了普通的感冒，大鵬自己的體檢結果也是一切正常。

電視機仍閃著亮光，二鵬已歪在客廳的沙發裏打起了酣聲。

如花心經

一

　　青春靚麗的我，在國內本來是搞藝術體操的，身邊蜂環蝶繞著數不清的追求者，卻仗著如花美貌，對那些還算優秀的單身男士一個都不上心，偏偏醉心於和頂頭上司的不軌之戀。他既有歲月有風度，也有金錢有權勢，還有呼風喚雨的能量。如此男人奇貨可居，當然早已成了別人的老公。我迷戀他的一切，尤其被他嬌寵的感覺，並不在乎名分，發誓如果可能，寧願作他家庭背後永遠的甜心。

　　怎奈，落花有情，流水無意。他仕途升遷，為了不給政敵落下把柄，寧願犧牲我的柔情。傷心之下，我踏上了留學德國的旅途。他沒有挽留我，卻給了我一大筆錢。

二

　　藝術體操在國內屬於青春飯碗，這回我準備脫胎換骨改為實力派，所以申請專業時我選擇了教育心理學。然而，異國

231

他鄉的求學之路艱難得超出了我的想像。我靠著我那位上司情人給我的錢沒打一天工終於挺過了語言關。雖然通過了語言考試，可專業課只學了兩個學期就撐不下去了，課程難是一方面，更重要的是經濟上也難以為繼。就在我一籌莫展之際，一個在德國有居留的IT精英向我遞送玫瑰花，於是，孤苦無依的我和他閃電般地生活在一起了，日常一切開銷均由他負擔，我像妻子一樣為他放棄學業操持家務，做著夫貴妻榮的美夢。

三

不久，得知懷了他的孩子，我欣喜異常，他卻冷冷地要我打掉這個孩子，並直言他並不打算與我長相廝守，同居不過是雙方暫時的安慰。就算我堅持要這個孩子，也別想用孩子拴住婚姻。

一場激烈地爭吵爆發後，我執意留下這個孩子，並賭氣地揚言孩子生下後和他再無瓜葛。他同意在我孕產期間仍住在他那裏，並答應孩子生下後一次性付清撫養費，然後各走各路。從此，我們各居一室，像同一個房東的兩個房客，彼此生分客氣，只是看在我是孕婦的份上，日常開銷一如既往仍然由他負擔。

我對婚姻的美好憧憬瞬間被這個男人擊得粉碎，終日以淚洗面，為我腹中的孩子鳴冤叫屈，他還沒出生，他的爸爸就不要他了。

四

托他的精英福，經過十月懷胎，胎兒順利降生，是個健康可愛的女兒。女兒繼承了我的美麗和他的聰慧，人見人愛。

為了我和女兒今後的生活，在她百日之後，我狠著心腸把她送到日托保姆那裏，回歸老本行，在區政府成人夜校找到一份教授健美操的工作。我的學員來自各行各業，我與他們相處融洽。他們知道我的處境後紛紛伸出援手，又為我介紹了幾份體操教練的工作，我在工作中找到了自己的價值恢復了自信。我已經能夠憑藉自己的力量生存了，就和女兒從IT精英那裏搬了出來，做了單身母親。

五

恢復自由之身後，我每天都能收到不同男人送來的玫瑰花，他們當中有我當銀行經理的學生，有與我同專業的德國同事，也有各種派對上結識的中國留學生。在這眾多的追求者中，還有一位曾經讓我淚流滿面徹夜難眠的特殊人士，經過再三權衡，我終於答應了他的下跪求婚。在我女兒半歲時，也就是那一年的聖誕之際，我們雙雙步入婚姻的殿堂，組成了一個

完美的家庭。緊接下來就迎來了新的一年，我相信，我悲傷的眼淚都在過去的一年流盡了，隨著新年的來臨，我也將開始我嶄新的人生。

婚禮上，鄭重其事地給我帶上鑽石婚戒的男人就是那個當初拒絕婚姻的IT精英，也就是我女兒的親生父親。是我的自尊自強讓他最終真正愛上了我，也是他和女兒血濃於水的親緣讓我重新接納了他。

比

　　曉玉從小就是個要強的女孩兒，凡事都要和別人一爭高下。菁菁和曉玉從幼稚園一直到大學都是最要好的朋友。和曉玉咄咄逼人鋒芒畢露的個性正相反，菁菁雖然平時看上去很安靜沉穩，但無論相貌和功課卻都不在曉玉之下，也正是這個原因，曉玉在心裏一直都把菁菁當作最強勁的競爭對手，菁菁有的東西曉玉一定也要有。

　　小學升中學時，菁菁以優異的成績考上了市重點中學，曉玉也不甘示弱，以同樣優異的成績考上了另一所重點中學。雖然不在一個學校，但每次見面，兩人都會互相交流學習心得。假如菁菁作文得了大獎，用不了多久，曉玉就會捧回一個數學競賽的獎盃，而且會在第一時間讓菁菁知道。反正，在這場看不見的爭戰中，曉玉總會想方設法蓋過菁菁的風頭。

　　大學畢業後，各方面都出類拔萃的曉玉通過嚴格的應聘，終於在一家大公司找到了一份收入豐厚的工作，正當她志得意滿的時候，聞聽菁菁竟然已經辦好了到德國名牌大學留學的手續，近日即將啟程。曉玉毫不猶豫地辭掉了這份來之不易的工作，也馬不停蹄地準備赴德國留學的必備材料，心想，她菁菁能做到的，我曉玉怎能甘於人後？

　　半年後，曉玉如願以償地到了德國，並申請了和菁菁就讀的同一所大學。在菁菁高興地為曉玉準備的接風派對上，曉玉發現，菁菁來德國後認識的男朋友劉君是那樣英俊瀟灑又多才多藝，更重要的是，劉君還是個事業有成的實力派。整個派對期間，曉玉都魂不守舍的，一雙媚眼直勾勾地射向那個吸引她的男人，似乎全然忘了他現在是好友菁菁的白馬王子。

　　不久，曉玉找菁菁攤牌了，坦陳她已經無可救藥地愛上了劉君，而且相信劉君也愛她，因為他們之間能發生的都發生了。菁菁傷心之下離開了這個城市，轉到了另一所學校。

　　後來，曉玉聽說菁菁嫁給了比她年長很多歲的德國導師，並生有一子，只可惜聰明好學的菁菁婚後卻未能繼續求學深造，而是當上了專職家庭主婦。而曉玉則在菁菁走後，如願以償地和劉君結成連理，並在能幹的丈夫關懷支持下，勤學幾載，終於拿下了博士的頭銜。要知道，這在中國留學生尤其是女留學生中實在是鳳毛麟角呀。此時的曉玉可謂是春風得意馬蹄疾，偶爾想起從小到大和菁菁的競爭，嘴角不免略過一絲淺笑，因為事實證明，事業愛情雙豐收的她才是最好的。以菁菁目前相夫教子的平庸，似乎早就失去了和曉玉競爭的實力。

　　然而，一件事卻徹底改變了曉玉的心態。

　　那是不久前的一次例行體檢上，醫生竟然在曉玉的體內查出了不明腫塊，需要入院進行徹底檢查。這個消息對自己身體一向自信的曉玉來說，簡直是晴天霹靂。在住院隨時和那些冰

冷的醫療器械打交道的日子裏，曉玉終於明白了，一個人不管多要強也是強不過命運的，就像《聖經》所言：就算你贏得了全世界，到頭來卻賠上了自己，又有什麼意義！曉玉發誓，如果老天讓她痊癒，今後的日子裏，她要做個順其自然隨遇而安的人，每天坦坦然然地面對生活，不圖大富大貴，只求無愧於心。

都是鴨子惹的禍

　　今天是12月25日，西方的聖誕節，通常的聖誕節的顏色都是潔白的，今年也不例外，昨夜的一場大雪，把外面裝點成了銀白世界。這樣的日子裏，心情本應該是喜慶和輕鬆的，可我卻在一大早出門時，腳下一滑，實實在在地跌坐在雪地裏，手裏剛買的烤箱清洗劑被摔出去幾米遠。如果這是一個平常下雪時節的一個平常跟頭的話，我也就沒什麼好說的了，問題偏偏是出門前我和我那新婚燕爾的德國丈夫馬丁賭了氣的，賭氣的緣由是昨晚的聖誕家宴上我的女友菲菲好心帶來的一隻鴨子。有關鴨子的事容我稍後再詳細說明，此時更嚴重的是，我跌坐下去的時候，恰好有一塊隱藏在積雪下面的硬石頭撞到了我的尾骨上，霎時，一陣揪心的鈍痛襲擊了我，使我坐在空無一人的雪地上好一陣子動彈不得，甚至有一瞬間，我都以為自己的下半身從此要廢了。好在疼痛過後，慌亂的心情也逐漸鎮定下來，我試著站起來，又試著走幾步，看來腿和腳都沒問題，只是腰和屁股之間的某個部位痛得厲害。臨出門時過於負氣和匆忙，沒來得及帶手機，此時也沒辦法聯繫馬丁，只好忍著疼痛一步一挪地往回走。

　　這時，恰好有一輛計程車在不遠處停下來，一位德國老太太下車後我就坐了進去。本來我是打算回家的，只是這一坐，

239

感到屁股上面的部位更加疼了，索性就讓計程車直接把我送到僅隔幾條街的一家醫院裏。一路上我心裏仍不忘詛咒那只可惡的鴨子。

冤有頭，債有主，現在倒出時間來說說那只始作俑的鴨子。

我剛說過，那只鴨子是昨天慶賀聖誕之夜時我的女友菲菲帶來的。至於菲菲給我們帶鴨子的前因後果，還得從我和馬丁的婚姻說起。

我和菲菲都是大學醫學系的學生，我們住學生宿舍時共用一個廚房。菲菲人雖窈窕漂亮，又燒得一手好菜，但性格過於文靜內向，所以朋友圈子很小，平時她除了功課實驗就是在我們共同的廚房裏鼓搗好吃的，再好的廚藝沒人欣賞似乎也欠些味道，她又不願與別人交往，饞嘴的我便成了她廚房美食的品嘗者和讚賞者。

馬丁是我們系的年輕教師，微生物學博士，帥氣開朗，他去過中國，對中餐尤其是北京烤鴨讚不絕口。那次他過生日時，在系裏午餐休息室裏搞派對，就委託我們幾名中國學生各燒一份中餐帶來，費用由他出。當時菲菲烤的鴨子外焦裏嫩，鮮香醇厚，直惹得馬丁咄咄稱讚。我雖烤不來鴨子，可那用來卷鴨肉的薄餅卻是我的手藝，這也算是長期品嘗菲菲的美味佳餚的一個小收穫吧。因為嘴饞所以要吃人家的，因為吃人家的嘴短所以要幫人家做點事，大的做不來就只好在菲菲施展廚藝時幫她下手洗洗菜，也包括她烤鴨子時我烙餅切蔥調醬，就像

她的二廚一般。漸漸地竟養成了習慣，冰箱裏的菜肴我們輪流買，她負責燒菜煮飯，而我卻包攬了準備和善後的活兒。兩個女孩子一靜一動，平時各忙各的互不干涉，在吃飯的問題上倒也配合默契、相得益彰。

自從那次的生日派對後，馬丁就開始尋找一切機會光顧我們的小廚房，先是我和菲菲的生日時，他和幾個同學一起是坐上賓，後來就是節假日他拎著採購來的雞鴨魚肉加入我和菲菲的小世界，再後來就發展成每個週末的伙食費都由他來出了。起初，我以為他是沖菲菲使勁的，也因為不願當他們的超級大燈泡而刻意回避幾次，可每次又都被菲菲急電招了回來。最後那次跑出去後，菲菲打我手機說：「你躲到哪裡去了？你不在，馬丁心不在焉的什麼都吃不下，一個勁問你究竟幹什麼去了，什麼時候回來？你快過來吧，我一個人面對他沒話找話都彆扭死了。」

也就是那次晚飯後，事態明朗化了。當時，菲菲吃完飯就回房間了，像往常一樣，我洗碗馬丁擦幹，本該是有說有笑相安無事的，也不知什麼緣由引起，兩個人竟然狂熱地擁抱在一起如醉如癡地激吻起來，那晚，馬丁沒有回家。

經過了那一晚，馬丁誠懇地建議我退掉學生宿舍，搬到他那裏和他住在一起。那是他剛買的一套很寬敞的公寓，裝修一新，就連傢俱和電器都是新買的，除了客廳臥室廚房書房主衛生間外，還有一個能淋浴的客人專用衛生間。從簡陋的學生宿

舍來到這樣一個條件如此完善的居所，雖然只是同居，我卻有新嫁娘的感覺，更重要的是我愛馬丁，所以，我沒有理由不欣然接受馬丁的提議。至此，三人行正式解體，二人世界的模式雖然存在，組合方式卻已經面目全非了，為此，我心裏對菲菲總是有一絲隱隱的愧疚，畢竟，馬丁最初是被菲菲烤的鴨子吸引過來的呀。

和馬丁真正生活在一起後，我才感覺到我們之間的差異。別看他外表俊朗，性格豪爽，可骨子裏卻是個極端自我的人，表現在生活習慣上就顯得處處一絲不苟，對違反他生活觀念的事情絕不姑息遷就，有時在我看來未免小題大做，我以為這些也許是大部分德國人的特質，加之馬丁是搞微生物的，就更比別人多了些潔癖。因為愛他，所以和他住到了一起，因為要一起生活，所以充分尊重了他的習性，雖然有些讓我感到很不自由不方便甚至有違天性，但我都儘量克制了。比如，馬丁能忍受自己帶著一天的風塵鑽進舒適乾淨的被窩，也忍受不了洗完澡後衛生間地上的水漬。至於洗過澡後浴缸裏殘餘的浴泡和頭髮絲，在他看來都是難以忍受的；漂亮整潔的廚房似乎不是用來燒飯的，僅僅用來烤個比薩餅或者燒杯咖啡，這回和中國女人生活在一起，家裏反倒不燒中餐了，因為中餐油煙大毀廚房，餓了就索性開車去中餐館，平時中午我們都吃食堂，便宜是便宜，可對我來說真是超難吃，肉排煎得像鞋底不說，還把蔬菜煮得軟塌塌、爛兮兮，就跟被人嚼過了似的沒滋沒味。更

讓我忍受不了的是，所有的調味汁都離不開燒化了的黃油。過去我和菲菲談起學校食堂的伙食時，她曾戲言說，那裏的廚師應該被授予最佳創意獎，因為把那麼多種營養豐富的好食材放在一起，想燒出難以下嚥的東西都不容易，可他們卻做到了，就憑這，就值得佩服。單身的時候有廚藝高超的菲菲，光顧食堂不過是實驗緊張時偶爾為之，現在倒好了，每天午飯時都要和馬丁出雙入對地去報到。進餐時，我眉頭緊鎖，馬丁卻津津有味。異國情侶，差異的何止是文化？

經歷了將近一年的適應期，雖然都意識到了生活習性和文化認知的差異，大體上彼此還算尊重愛戀，就在聖誕前夕，我們修成正果步入了婚姻的殿堂。由於馬丁的父母已是高齡又常年生活在南德，所以註冊時他們沒有趕來，但約好聖誕一過，我們就到父母那裏去度蜜月。那天，當地的親友和同事們聚集在市政廳裏，我們簽完婚姻文書後，大家一起開了香檳祝賀我們。馬丁那位當牙醫的表哥沃夫岡特意從南方過來參加我們的婚禮。這幾天就住在我們家裏。沃夫岡幽默又健談，能把個少言寡語的菲菲惹得不時地開懷大笑，也真是難得。所以婚禮後我毫不猶豫地邀請了菲菲來和我們一起共度聖誕夜，我是想不露痕跡地促成他們的美事。

當菲菲問我聖誕大餐需要她準備什麼的時候，我說：你看著辦吧，反正你做什麼都好吃。菲菲就說：既然馬丁那麼愛吃烤鴨，我就烤只鴨子帶過去好了。

　　也許菲菲有意要在沃夫岡面前展示廚藝，那天她帶來的不只是鴨子，還有大包小包的其他菜肴，比如精心做的春捲和各式小炒。問題就出在菲菲為了大家吃出效果來，帶來的這些都是半成品：鴨子雖然已經烤成了半熟，但上桌前還需進烤箱將皮烤脆，包好的春捲也需要入油鍋現炸，就連蔬菜雖然都被菲菲事先切得條理分明，也得現炒才能吃到嘴裏呀？只是她準備這些的時候沒有想到我們新家的廚房是和客廳連在一起的，而且按照我們平常的習慣是不在家裏如此興師動眾地大興爐灶的。這也怪不得菲菲，她一直住在學生宿舍裏，又沒有和德國人在一起生活的切身經歷，考慮得不周全也是情理之中。當時，面對她帶來的佳肴，我雖然感到很為難，可看到菲菲興致勃勃的樣子，還是把那掃興的話硬生生地吞了回去。人家好心好意的背來那麼多東西，還能讓她再背回去嗎？再說過節嘛，破例一次也是應該的，大不了還像過去一樣，菲菲下廚時我隨侍左右，及時清理戰場，爭取把燒中餐時油煙的破壞力減至最低。

　　趁著兩個男人鑽進馬丁的書房鼓搗電腦時，我和菲菲三下五除二地把豐盛的晚餐也準備妥當了，只是這個過程我格外地小心翼翼。炸春捲時我把油煙機開到最大，油也不敢燒得過熱，手裏拿塊濕布，哪怕濺出一滴油我都及時擦乾淨。幾盤蔬菜都是菲菲事先準備好的，熱鍋熱油爆炒一下就齊活了。烤鴨出爐後，我也是用最快的速度把濺到烤箱四壁的鴨油徹底清理乾淨，然後開窗迎進新鮮空氣。這樣一來，我們的廚房整潔如

故，幾乎看不出燒煮的痕跡。佈置好餐桌後，我把菲菲讓進客房衛生間，讓她淋浴清洗一下滿身的油煙，我自己也在主衛生間裏梳洗一番，再出現在客廳時，我們一改主婦模樣，就是兩個清新可人的東方女子。

憑良心說，那頓晚餐我們四人都很開心，可謂賓主盡歡。感覺上沃夫岡和菲菲已經互有好感了，晚飯後菲菲就是由沃夫岡開車護送回去的。

發現問題的嚴重性是在聖誕節的早晨起床後。

馬丁像往常一樣先我起床準備早餐，先是在他燒咖啡時發現牆壁的白牆紙上油蹟斑斑，這讓他一下子聯想到菲菲手起刀落剁烤鴨時的俐落動作。怪我清理戰場時只注意爐灶和操作臺，哪裏想鴨子油會飛濺到案板旁邊的牆壁上呢？晚上燈光暗看不出，現在是在陽光下，那斑斑油漬看上去真是扎眼。馬丁隱忍著到地下室取來裝修房子時工人剩下的塗料，抹在牆上將油漬覆蓋住。接下來，馬丁在用烤箱烘烤小麵包時聞到了從烤箱裏散發出來的異味。他立刻打開烤箱查看，只見一股濃煙從裏面竄出來，直熏得馬丁又是流淚又是咳嗽，他就氣得沖我大喊大叫說：「明知道我反感在家裏燒中餐，你偏給我填堵，現在好了，我們家到處都是陰魂不散的鴨子，連烘烤的麵包都是鴨子味！」我難以置信，昨天用過烤箱後，我明明把裏外都清洗乾淨了，確定毫無問題後才叫出他們開飯的，經過了一晚，哪裏又冒出帶鴨子味的濃煙？馬丁把烤箱裏的東西統統掏出來

驗看，同樣沒發現什麼問題。這時，剛起床的沃夫岡湊過來提議，把烤箱門打開，同時接上電源，看哪裏冒煙哪裏就是問題的結症所在。說完他就去客房衛生間淋浴去了。

不大功夫，沃夫岡又轉回來問：「我可以用你們的衛生間洗澡嗎？客房的下水堵了。」馬丁嘟噥著：「怎麼可能？昨天還好好的。」說著就去查看，我也跟過去，只見淋浴池裏汪著一些水，水漏附近圍了一圈殘餘的浴液泡泡。馬丁伸手把水漏上面的鐵圈圈拿下來，只見那上面糾纏著一大團菲菲黑色的長頭髮，清除了頭髮的阻礙，那些殘水挾裹著浴泡立刻漏了下去。馬丁把手裏的鐵圈圈甩到我腳下，憤憤地說：「瞧你朋友幹的好事！真難以想像，你當初就是這樣住學生公寓的。」我自知理虧，雖然心裏不平，也只好忍著一言不發。

這個聖誕節的早晨，真是一波未平一波又起。我正收拾昨晚菲菲洗澡的殘局時，只聽沃夫岡在廚房喊道：「你們快來，我找出烤箱冒煙的原因了。」我和馬丁急忙跑過去，只見沃夫岡指著烤箱頂端的電阻絲說：「你們看，這裏粘了一塊鴨子皮，都成焦炭了。普通的清洗是不起作用的，只能用專用的烤箱清洗劑試試了，只可惜今天超市不開門。」看到那塊冒著黑煙的東西，馬丁就差哭天搶地了，他指著我失去理智地吼道：「你就要成殺人犯了你知不知道？你學醫的難道不知道這種東西會毀人身體嗎？」說著把剛烤過的麵包統統攢進了垃圾箱。沃夫岡也不識趣地旁敲側擊：「真沒想到，那個漂亮的菲菲雖

然菜燒得一手好飯菜，卻不懂得尊重別人，只有傻瓜才會鬼迷心竅把這樣的女人娶回家！」

「給我住嘴！」我忍無可忍地沖沃夫岡吼道：「別忘了，這是我和馬丁的家，還沒輪到你來指手劃腳！現在對我朋友評頭品足了，忘了吃鴨子時受用得直哼哼了嗎？」我受夠了這個聖誕節的早晨，受夠了這兩個小題大做的德國大男人，發完脾氣，我賭氣大幅度地穿外衣，馬丁上來拉扯我問：「大雪天的，你要去哪？」「去加油站給你買烤爐清洗劑，如果還不行就賠你一個新烤箱，再不行你就只好找一個與你同樣婆媽的德國女人來當老婆了！」說完，我摔門而去，扔下他們兄弟倆面面相覷。

接下來就發生了開頭那禍不單行的一幕。

計程車把我拉到醫院拍了片子，醫生說，沒有傷到尾骨，只是挫了一下無大礙，讓我回家靜養。我用醫院的電話打到家裏，沃夫岡說，馬丁在我走後不放心，隨後就開車追了出來。我放下電話，不再聽他後來喋喋不休的道歉，又接通了馬丁的手機，告訴他我在哪裏。

馬丁很快就到了，他攙扶著我走出醫院，看到我們那輛熟悉的車，我不禁大吃一驚：那輛我曾引以為榮的坐騎此時真是慘不忍睹：前額塌陷，前燈破碎。馬丁輕描淡寫地說：「剛剛聽說你在醫院裏，路滑心一慌，就撞在了路邊的大樹上。」然後緊緊摟住我，又道：「車壞了可以修，好在你沒事，我也沒事！」我心懷不忍地說：「都怪我不好……」馬丁打斷我說：「這事誰都不能怪，都是鴨子惹的禍！」

國家圖書館出版品預行編目

人在天涯 / 黃雨欣著. -- 一版. -- 臺北市：
　秀威資訊科技, 2009. 05
　　面； 公分. --(語言文學類 ; PG0251)
　BOD版

　ISBN 978-986-221-215-8(平裝)

　857.63　　　　　　　　　　98006066

語言文學類　PG0251

人在天涯

作　　　　者／黃雨欣
發　行　　人／宋政坤
執　行　編　輯／藍志成
圖　文　排　版／郭雅雯
封　面　設　計／陳佩蓉
數　位　轉　譯／徐真玉　　沈裕閔
圖　書　銷　售／林怡君
法　律　顧　問／毛國樑　律師
出　版　印　製／秀威資訊科技股份有限公司
　　　　　　　　台北市內湖區瑞光路583巷25號1樓
　　　　　　　　電話：02-2657-9211　傳真：02-2657-9106
　　　　　　　　E-mail：service@showwe.com.tw
經　　銷　　商／紅螞蟻圖書有限公司
　　　　　　　　台北市內湖區舊宗路二段121巷28、32號4樓
　　　　　　　　電話：02-2795-3656　傳真：02-2795-4100
　　　　　　　　http://www.e-redant.com

2009 年 5 月　BOD 一版
定價：300 元

讀 者 回 函 卡

感謝您購買本書，為提升服務品質，煩請填寫以下問卷，收到您的寶貴意見後，我們會仔細收藏記錄並回贈紀念品，謝謝！

1.您購買的書名：＿＿＿＿＿＿＿＿＿＿＿＿＿＿＿＿＿

2.您從何得知本書的消息？

　　□網路書店　　□部落格　　□資料庫搜尋　　□書訊　　□電子報　　□書店

　　□平面媒體　　□ 朋友推薦　　□網站推薦　　□其他＿＿＿＿＿＿

3.您對本書的評價：(請填代號　1.非常滿意 2.滿意 3.尚可 4.再改進)

　　封面設計＿＿　版面編排＿＿　　內容＿＿　文/譯筆＿＿　　價格＿＿

4.讀完書後您覺得：

　　□很有收獲　　□有收獲　　□收獲不多　　□沒收獲

5.您會推薦本書給朋友嗎？

　　□會　　□不會，為什麼？＿＿＿＿＿＿＿＿＿＿＿＿＿＿＿＿＿＿

6.其他寶貴的意見：＿＿＿＿＿＿＿＿＿＿＿＿＿＿＿＿＿＿

　　＿＿＿＿＿＿＿＿＿＿＿＿＿＿＿＿＿＿＿＿＿＿＿＿＿＿＿＿＿＿

　　＿＿＿＿＿＿＿＿＿＿＿＿＿＿＿＿＿＿＿＿＿＿＿＿＿＿＿＿＿＿

　　＿＿＿＿＿＿＿＿＿＿＿＿＿＿＿＿＿＿＿＿＿＿＿＿＿＿＿＿＿＿

讀者基本資料

姓名：＿＿＿＿＿＿＿＿＿＿　年齡：＿＿＿＿　性別：□女 □男

聯絡電話：＿＿＿＿＿＿＿＿　E-mail：＿＿＿＿＿＿＿＿＿＿

地址：＿＿＿＿＿＿＿＿＿＿＿＿＿＿＿＿＿＿＿＿＿＿＿＿

學歷：□高中(含)以下　　□高中　　□專科學校　　□大學

　　　□研究所(含)以上 □其他＿＿＿＿＿＿＿

職業：□製造業 □金融業 □資訊業 □軍警 □傳播業 □自由業

　　　□服務業 □公務員 □教職　　□學生 □其他＿＿＿＿＿

請 貼
郵 票

To：114

台北市內湖區瑞光路 583 巷 25 號 1 樓

秀威資訊科技股份有限公司　　　收

寄件人姓名：

寄件人地址：□□□

(請沿線對摺寄回,謝謝!)

秀威與 BOD

BOD（Books On Demand）是數位出版的大趨勢，秀威資訊率先運用 POD 數位印刷設備來生產書籍，並提供作者全程數位出版服務，致使書籍產銷零庫存，知識傳承不絕版，目前已開闢以下書系：

一、BOD 學術著作—專業論述的閱讀延伸
二、BOD 個人著作—分享生命的心路歷程
三、BOD 旅遊著作—個人深度旅遊文學創作
四、BOD 大陸學者—大陸專業學者學術出版
五、POD 獨家經銷—數位產製的代發行書籍

BOD 秀威網路書店：www.showwe.com.tw
政府出版品網路書店：www.govbooks.com.tw

永不絕版的故事・自己寫・永不休止的音符・自己唱